la belle épouvante

robert lalonde

la belle épouvante

Quinze / **prose entière**

Collection dirigée par François Hébert

Illustration de la couverture : acrylique d'Yvette Froment, *Au jour naissant*
Maquette : Gaétan Forcillo
Photo de l'auteur : Michel Brais

LES QUINZE, ÉDITEUR
(Division de Sogides Ltée)
955, rue Amherst, Montréal
H2L 3K4
tél. : (514) 523-1182

Distributeur exclusif pour le Canada :
AGENCE DE DISTRIBUTION POPULAIRE INC.
(Filiale de Sogides Ltée)
955, rue Amherst, Montréal
H2L 3K4
tél. : (514) 523-1182

Copyright 1981, Les Quinze, éditeur
Dépôt légal, 2e trimestre 1981
Bibliothèque nationale du Québec

ISBN 2-89026-270-7

Pour l'amour de France

Toutes les choses terrifiantes ne sont peut-
être que des choses sans secours qui attendent
que nous les secourions.

Rilke

Quand on aime comme on respire, ils pren-
nent tous ça pour une maladie respiratoire.

Emile Ajar

Ce qui m'arrive ? Une fragilité à toute épreuve, mer et monde et le trouble garanti. Et c'est dans la cage du coeur que l'oiseau est blessé. Tendrement blessé. Il neige encore. Blanc sur blanc et après gris et à la fin, noir sale dans les rues et ruelles. Dans les vitrines, c'est un Noël de couleurs douteuses et clignotantes. Une fête qui s'annonce artificielle et dépréciante pour les sentiments humains. Parce qu'on trichera encore cette année au jeu cave des échanges forcés. Mauvaise littérature ! Mon cher, ton esprit vogue et vague à des occupations amères.

Je l'aime. Elle est tout pour moi. À l'heure où j'en parle bien sûr. Comme la pomme est tout pour la lèvre et la dent au moment où on la tient dans sa paume, bien offerte. S'offrir... C'est ça ! Me présenter devant elle comme un cadeau qu'on est bien obligé de développer tout de suite, parce qu'il est encombrant sur les genoux et qu'il vient du coeur. Surtout parce qu'il vient du coeur. Sans aucun mode d'emploi, lui livrer le colis. Avec le grand mot FRAGILE écrit dessus. Juste pour des précautions que je désire, parce qu'elles lui annonceront toute ma personne, la précéderont, la prophétiseront.

*   *   *

À son image, un cheval énervé galope dans ma poitrine. Le bruit de la mer, celui d'un grand vent écheveleur. Soudain, beaucoup de lumière. Mille perles impossibles à inventer. Donc, l'imagination n'y étant pour rien, on voit bien que c'est de l'amour fou qu'il s'agit. Puisque j'ai inventé tout le reste,

11

mes malheurs, mes rêves, Montréal, etc., il faut bien que ce nouvel orage, cette merveilleuse terreur, cette révolution tropicale de toute ma personnalité, cette euphorie, il faut bien que tout cela provienne d'Elle, d'Ève, d'Elle. Cette fatalité me fanatise de perplexité rose. Sans parler des portes et des fenêtres qui s'ouvrent. Que je ne sais plus retenir fermées plutôt. Que dire de ce remue-ménage, de cette démobilisation ? Une vraie misère donc mais avec, pour remplacer l'ancien rongement, un flot de désir féroce, impossible à inventer lui aussi. Décidément, je suis en plein dedans.

Toujours il neige. C'est comme si je devais absolument rester pris, enfermé chez moi. Les anciens temps, la cabane de bois rond, la tempête et le bois sauvage où l'on se perd et meurt de froid si on ose s'aventurer. Oui, c'est comme ça que je suis depuis des jours. Enfermé, muré. Assistant à la tempête avec Mozart et du café amer. Lucide, fou, perdu. Avec des instants abrupts de torpeur et puis tout de suite après, ressuscité par son visage, son corps, sa bouche qui palpite dans ma cervelle comme un piège au repos.

« L'amour est bien plus fort que nous. » Ce n'est pas moi qui le dis, c'est la radio. Pourquoi moi ? Pourquoi Elle ? Pourquoi cette tempête essoufflante et qui ne s'arrêtera plus ? Ses yeux, la neige, ses cheveux, la neige, ses seins, la neige, etc. Puis, le noir total. La disparition sans laisser d'adresse de toute son image, comme une hallucination dévorée par le mauvais oeil. Une vraie trahison. La peur, le doute suivis par le cortège endolori des mauvaises expériences. Mal vécu, l'amour traîne, encombre et va même jusqu'à déprimer. Sans insister sur l'angoisse, parlons de l'inquiétude qui est tellement plus noble d'allure dans sa robe de pudeur qui ne passe pas de mode. À voir, à observer le pli que j'ai entre les deux yeux, on voit bien qu'elle fut toujours là, l'inquiétude, à tenir le gouvernail de mes errances. Mais pourquoi m'étonner aujourd'hui du clair plus clair de mes prunelles, de chaque côté de ce pli, de cette ride creusée dès mes premiers soleils, premières secousses ?

* * *

S'il fallait qu'on me passe, là maintenant, tout de suite, un électrocardiogramme, c'est sûr qu'on m'entrerait d'urgence à l'hôpital. Ça cogne, ça trépigne, ça se démène. Oh là là ! Ça fait même mal. Oppression, coup bas porté par la mour, la maudite mour.

Le téléphone, je le connais par coeur. Douze boutons dont deux que je ne me suis jamais expliqués. Sonne, téléphone, sonne ! (Traduction approximative et mauvaise du célèbre : « Ring, telephone, ring ! » de Greta Garbo dans *Grand Hôtel*.) Motus, muet, il me nargue et m'ensorcelle de sa brillance nacrée. Dehors, la tempête vire à pire, s'infecte, nage en plein drame. Les autos ressemblent à de vieux gâteaux de noces prétentieux et mal crémés. Les conducteurs sacrent et leurs femmes restent bien sagement assises dans la voiture, leurs mains nerveuses sur leur pelleterie impeccable. Elles ne disent plus de chapelet mais je suis sûr que leurs doigts égrainent des regrets bien plus mauvais que les anciens avé désennuyants et inutiles.

Où est-Elle ? Que fait-Elle ? Comment songe-t-Elle à moi et dans quel décor ? Question sans réponse et nouvelle difficulté à respirer. Souffle court et perte d'oxygénation appropriée. Même mes petits cigares brésiliens, cadeau de Marie-Jeanne, ne goûtent plus le sud et me brûlent la langue. Le vin rouge est âcre et, sans décaféiner mon coeur, il gâche mon sommeil. Joyeux Noël !

Je savais que la télévision était désopilante durant les fêtes, mais là ! C'est atroce, épouvantable, les mots me manquent. S'ennuyer pour se désennuyer ? Jamais ! Plutôt observer avec malice et difficulté les flocons et la rafale dehors. Tout de même, c'est vrai qu'il neige alors qu'il est absurdement faux de prétendre que l'armée canadienne est une solution pour ceux que la vie intéresse. Encore plus fausse et plus bête cette réclame : une femme est une île. Surtout quand, pour moi, elle est un continent proche, très proche de moi. Dangereusement maintenant, elle fait partie de moi. Nouvel arrêt de mon pouls, nouveau blocage d'oxygène dans mon sang. Les bulles se boulent dans la grosse veine de mon cou et le vertige emporte la suite du récit. Je suis amoureux, là ! Ça vous en bouche un coin, hein ?

* * *

Je délire, dites-vous ? « Qu'est-ce qu'il dit le monsieur ? » Il divague. Il ne sait parler qu'en déparlant. Elle va venir. Il a cessé de neiger, alors on peut emprunter les rues sans autre intérêt qu'un peu de calcium et quelques efforts musculaires (les moins difficiles). Donc, Elle sera là dans la minute, dans l'heure, dans l'année, dans les saisons. Sait-Elle qu'Elle prendra autant de place, de temps et d'espace ?

Si tous les gens qui vivent ensemble s'aimaient, la terre brillerait comme un soleil. C'est de qui ? Non, ça ne vient pas ? Bon, c'est de Jacques Prévert. Non, c'est pas dans un de ses recueils. Ça vient du film *Les enfants du paradis* de Carné. Vous voyez, plus besoin de chercher. Devriez me remercier. Je suis exaspérant mais pas énigmatique. De plus, je suis doux, facile, *easy*. J'ai plein de qualités merveilleuses qui feraient bien dans une petite annonce pour un club de rencontres. Elle ? Non, je ne l'ai pas rencontrée dans un club. Ni de rencontres, ni de danse, ni de tout et de rien. D'ailleurs, c'est plutôt Elle qui m'a rencontré. C'est facile, je suis partout. Je hante, j'insiste, je force les portes, les regards, les coeurs. Je séduis, si vous voulez. C'est bien pour dire ! Avec une face de grand ancien scout décontracté comme la mienne, vous allez partout, c'est bien simple. Pourtant, avant Elle, qu'est-ce que j'ai pu manquer mon coup ! Je dois être anachronique. D'ailleurs, on me le dit. « Ah ! toi, si je t'avais rencontré avant. » Ou bien : « Ah ! toi, on ne peut pas compter sur toi. » Vous voyez, au passé, comme au futur, je déconcerte. J'en demande trop. Je vous l'ai dit : j'insiste. Pas la peine d'avoir tout lu Freud et tout écouté les Rolling Stones pour savoir que personne ne comprend rien à rien et que tout le monde fait semblant tout le temps. Enfin. J'y peux rien. Je veux tout dévorer. Un vrai loup. Solitaire, tranquille, seul. En bande, j'attaquerais mais personne ne veut se tenir avec moi. Ils veulent tous se tenir à quelque chose. Alors, quand c'est à moi qu'on veut se tenir, je change de personnalité net, sec. Je deviens l'antithèse de la séduction. Je me tais, me terre. Je vais même jusqu'à pratiquer la fuite, sans l'éloge. Vous imaginez le sale caractère ?

Elle va venir. Viendra-t-Elle en blanc, en mauve, en peau ? Ses cheveux seront-ils comme des rivières farfelues sur ses épaules ensoleillées, même à Noël ? Ou bien seront-ils retenus en drôle de bouquet sur sa tête par un cordon, un ruban ? La poésie me va comme une mitaine, hein ? Mais c'est connu. Amoureux, on ne dit, ne fait que des bêtises.

* * *

Je crois que je n'ai plus d'abri. Tout sort, tout se découvre, tout veut éclater. J'ai cessé de me débattre. Nous sommes dans une vague et elle nous roule où bon lui semble. Le lit dérive avec nos corps dedans comme si Elle et moi nous étions deux passagers inattendus.

— Qu'est-ce qu'on va faire ?
— On va se laisser aller.
— Aucun de tes gestes ne me déplaît.
— Les tiens non plus. Encore ! Tu connais l'histoire du petit garçon à qui sa maman donne une friandise :

« Qu'est-ce qu'on dit ? » lui demande sa maman.
« Encore ! » répond le petit garçon.

Elle rit et j'aime tellement l'entendre rire que je capture son rire pour me donner confiance, courage. La nuit, c'est bizarre, Elle et moi on se ressemble. Une gémellité qui contient tout. Enfin, tout ce qui revigore, fait exulter. Soudain, plus peur de tout, plus mal de rien. À nos guises, on se touche, on se fait du bien, longtemps. L'amour fou n'est pas si fou que ça, que je me dis. Je crois même qu'il pourrait empêcher le fanatisme, les sectes et les suicides par empoisonnement au *Kool-aid*.

— Tu me traumatises !
— Comment ça ?
— Je n'ai jamais été aussi bien avec une femme.
— Et ça te traumatise ?
— Oui. Je traumatise à rien.

Et, comme ça, l'air de rien, la tendresse vient se mêler à la conversation. Vous savez, l'habitude qu'elle a de ne pas se mêler de ses affaires, celle-là !

Encore. Une source coule dès qu'on s'emporte un peu. Cascade, brusque descente sans autres remous que ceux causés par les draps. Remous sans cérémonie. Elle se plaint comme si le bien que je lui fais lui faisait du mal. Ah ! les femmes. Et ma plainte à moi ? Celle qui ne se montre pas encore le bout du nez, de peur qu'on comprenne que je me suis ennuyé toute ma vie d'Elle et de ses sortilèges pétulants ?

Ne vous inquiétez pas. Je ne deviendrai pas insolite au point de vous confier tous mes frissons. On a dit quelque part que le bonheur ne s'explique pas. Alors, je ne vais pas commencer à faire mon plus fin que les autres. Simplement ceci.

Ce n'est pas pour me vanter que j'ai envie de dire à quel point je suis bien, ni pour me donner de l'importance à vos yeux que je le dis sur un ton enlevé. Là, tout est clair. Comme de l'eau de rivière, s'il en existait encore une non polluée.

— On va dehors ?
— Pourquoi faire ?
— Pour prendre l'air.
— On peut le prendre ici. Regarde ! J'en aperçois toute une brassée là-bas qui n'a pas encore été prise.
— Tu me fais mourir.
— Ce n'est pas mon intention. Sans toi ce serait bien pire.
— Qu'est-ce qui serait pire ?
— La vie, l'amour, Montréal, etc.
— Menteur !
— C'est vrai, je mens. Ce ne serait pas pire, ce serait impossible.
— J't'aime.
— Pas moi. C'est juste un *kick*.

Et ainsi de suite. Je risquerais vraiment de devenir complaisant et fiévreux si je continuais à rapporter ici des simplicités qui n'appartiennent qu'à nous. Mais voyez-vous, c'est qu'il fait beau aujourd'hui. Je suis ressuscité encore une fois. Toutes mes irritations ont reçu leur baume. Le remède fait effet et je guéris de ma solitude. Provisoirement. Qu'est-ce qui n'est pas provisoire ?

* * *

Rire pour mourir. Limpidité. Orifices extérieurs et intérieurs comblés. Que vous dire pour vous faire perdre la tête, le nord et la carte ? D'abord, y tenez-vous ? Peut-être êtes-vous comme tous ces gens qui n'ont pas d'idée de ce qu'est la pas-

17

sion ? Eh bien ! je vais vous donner un indice. Ça se situe entre la débilité et la transcendance, quelque part d'où, si vous vous y aventurez, vous revenez rose et fort.

Tout d'Elle est encore ici. Peu de dentelles. Beaucoup de son odeur et quelques mots prononcés au bout du souffle. Rien d'indigeste. Mes plantes chétives me regardent, l'air de dire : « Pourquoi nous as-tu laissées si longtemps frémir et faiblir dedans nos pots comme des vieux bouquets ? » Ça a de ces détresses les plantes vertes ! Incroyable ! De quoi donner des frissons irréversibles à plus d'un négligent. La radio jargonne mais ne me fait plus mal nulle part. Au contraire, elle chante. Pas toujours juste mais faut-il en demander trop ?

Je suis très influençable. Alors, je m'en fais pour tous ceux qui défaillent pendant que je nage, vole, suis heureux. Terrible, hein ? Surtout qu'on devient d'une sensibilité dans ce temps-là ! Pas possible. On dirait que tout vous touche quelque part. Dans combien de siècles serons-nous tous lyriques et d'aplomb ? Bon. J'abandonne ici, tout de suite, le chemin périlleux. Parlons de ce qu'on connaît. N'empêche que (vous voyez, ça me travaille) mon voisin, que j'aime bien, n'est pas heureux. Il est hypocondriaque et très malade. Parce qu'hypocondriaque. C'est comme ça. « Je paralyse des jambes quand on m'en demande trop ! »

Vous voyez ce que je veux dire ? Et il y croit. Sa jambe paralyse et ça le paralyse. Moi, je ne sais pas quoi lui dire ou lui faire. Il me désamorce avec ses grands yeux d'enfant contrarié. Je sais bien qu'il se raconte des histoires mais allez donc essayer de lui dire ça. Il va vous croire membre de la secte des persécuteurs dans laquelle il range tous ceux qui le font paralyser. Y compris et principalement les docteurs. Ce sur quoi je tombe d'accord avec lui. Ce qui l'encourage à paralyser de plus belle. En sortiriez-vous ? Écrivez-moi donc si vous connaissez un moyen sûr de lui rendre l'usage plénier de ses jambes.

Aussi, il y a les tremblements de terre en Amérique centrale et les soldats un peu partout qui se font mourir à faire mourir. Sans parler de toutes les erreurs humaines qui trompent à qui mieux mieux tous ceux qui les croient. Enfin, bref, pas sortis du bois, pas mieux qu'avant, tous et toutes qui souffrent, souffrent encore ces temps-ci. Que faire ? Vous vous taisez ? Taisez-vous. Surtout si vous étiez sur le point de dire une bêtise du genre : « On n'y peut rien. » On peut toujours quelque chose mais on paresse, on réfléchit, on tergiverse en réunions de toutes sortes. Mon avis ? Qu'en feriez-vous ?

D'ailleurs, soit dit en passant, je suis égoïste comme chacun. Je n'aime pas plus l'injustice que vous mais moi, ça m'engourdit d'y penser dans mon for (fort) intérieur au lieu de fesser, cogner, défendre. J'en suis déjà devenu violent. J'ai frappé du monde qui ne comprenait pas. Des gens. Des individus aveugles et furieux. Quelques bosses dont j'ai encore vaguement honte, parce qu'aujourd'hui je suis désaltéré de mon ancienne soif d'égalité. Vous allez croire que c'est le bonheur qui m'endurcit. C'est ça hein ? Détrompez-vous. Ce serait plutôt l'apathie que je rencontre. Le mol, le flou, le fétide et le glauque, qui se trouvent devant moi, me coupent l'élan. Donc, je paralyse, comme mon voisin. Qui n'est pas hypocondriaque ? Vous savez, tous les maux sont imaginaires à ce compte-là. Pensez-vous que les concepteurs en publicité comprennent ce qu'est la douleur quand ils veulent vous vendre un médicament miracle ? Peut-être êtes-vous plus naïfs que moi. Tant mieux. Alors, qu'attendez-vous pour agir, y aller, vous grouiller ? Je vous agresse ? M'en excuse. C'est pas de ma faute, je suis de ceux qui se laissent emporter facilement. Elle m'emporte. Mais Elle me dépose toujours quelque part de doux et de soyeux. Elle m'aime. Ça la dérange assez

19

de m'aimer pour que je la prenne dans mes bras et la console de tant s'en faire à cause de mon besoin d'Elle. C'est fou ce que je suis gentil dans ce temps-là. Un vrai Robin des Bois transi. Farce à part, Elle est d'une telle sincérité que je bande et lui demande. Tout. C'est-à-dire le principal. Me regarder dans les yeux quand on y va. Savez-vous où on va ? Vous n'en reviendriez pas. Au septième ciel ? Non. Dans la chambre. Là, ça vous fait rire. Vous devriez voir ce que ça nous fait à nous.

Je pratique l'art du coq-à-l'âne d'une façon déconcertante, hein ? Mais vous n'avez encore rien lu. Suivez-moi et vous savourerez des saveurs savoureuses. Si le coeur vous en dit, comme de raison !

* * *

Je suis dans un état ! Une fatigue me ramène à la dure réalité : je l'aime plus que tout. Plus que le plaisir et plus que la spontanéité. Dans ses défaillances, Elle rayonne. Que faire avec ça ? L'amour ? Faire l'amour, y compris dedans la différence ? On est tellement différents ! Comment dire ? Et surtout, comment faire ? Là, ne m'écrivez pas vos recettes. Je suis sûr que je suis le seul, avec Elle, à détenir nos moyens. Mais tout de même ! Qu'est-ce que la vie ne se gêne pas pour désorienter, dépayser, bousculer ! Faut mourir un peu, varier. Laisser de côté les vieilles affaires. Vous savez, les vieux rêves les changer pour des neufs. Des maniables, des envisageables. Oh, quelle situation ! Quel génial inconfort ! Quelle journée !

Quand Elle est perplexe, il n'y a plus de raison de sourire. Tout s'aggrave. Elle sourit et il n'y a plus de raison d'être perplexe. Allez donc vous y retrouver. Je suis, comme qui dirait, sur le qui-vive. Qui vivra verra. Je vis et je vois. Me faut entreprendre allégrement un train. Un train de vie. Un train qui filera sans tambour, ni trompettes. Et allons-y donc ! Sortir les ordures et gagner sa vie. Amicalement rencontrer du monde. Aller dans les rues et rayonner juste assez pour obtenir, atteindre. Bref, toutes les séductions quelconques du tralala. Saisissez-vous ? Vous êtes bons vous autres. Moi, je saisis. Dans le sens : figer, prendre en pain, pétrifier. Saisissez-vous mieux ? Bon, ça y est, on se comprend. Je vous l'avais bien dit, on est faits pour s'entendre.

Neige-t-il chez vous ? Ça dépend quand vous me lisez, n'est-ce pas ? Eh bien ! c'est comme ça pour tout. Tout dépend. En ce moment, si je m'écoutais, j'irais me renseigner auprès d'une agence de voyages. Pour savoir ce que je manque, à me torturer ainsi au lieu de m'en aller vers les quatorze soleils mexicains et guatémaltèques. Pas le goût de l'éviter Elle. Mais le grand goût de voir la mer bleue et verte et l'infini posé dessus comme un toit. Bref, regagner ma solitude éternelle. Cesser de confondre continuellement l'absolu d'Elle avec le chant exaspérant de l'amour de toujours. Méfiez-vous de moi ! Si je commence à vous menacer de ma voix de jubé, vous allez passer un drôle de quart d'heure. Mais restez donc. Comme ça, les distances entre nous, à force d'aller en s'abolissant, fondront. Comme fond en dedans de moi, depuis ce matin, ce vieux principe : chacun est seul au monde. Je ne peux pas vous dire à quel point ça m'intimide de changer. Terrible. Sans vous faire un dessin, j'en suis tout bonnement mort de trac. Pourquoi ? Parce que je sais que je peux changer. Pire, j'en ai le goût, démesurément. Comme celui d'avoir des enfants. Comme celui de fermer la gueule à tous ceux qui me connaissent mal et qui me disent sans catimini : « Tu es fou, tu es parti en peur, en baloune, tu divagues, ça y est, te voilà encore malade. » Eh bien, qu'on ne me soigne pas ! Guérir d'Elle et j'attrape la crève. C'est simple, hein ?

Le ciel pâlit rien qu'à m'entendre le traiter de tous les noms. Je suis fort à mort. Tout me nargue à narguer. Rien à mon épreuve. Plus qu'hier, moins que demain. Fier de tant d'énergie, je foncerais sur une armée. On ne pourrait pas me tuer. Ma transparence m'éternise. C'est vous dire ma vulnérabilité. Ainsi vouloir s'exposer, ça frise la folie. Mais ma santé est bonne. Ce ne sont pas quelques crampes dans le bas-ventre ni la frousse d'y laisser ma vieille peau qui vont me faire reculer. Plus maintenant. Chargez ! En avant ! Advienne que pourra, je passerai tous les caps, franchement altier. Tous les caps : vieillir, les entêtements, la douleur. Suis-je héroïque un peu ! Je m'étonne. Sans Elle, quelle sorte d'homme serais-je ? Eh bien ! un héros. Avec courage contre la mort. Avec Elle ? Un héros avec goût pour la vie. La nuance ? C'est l'espace et le temps dans lesquels je vis aujourd'hui.

Si ça vous chante, plaignez-moi. Mais je vous préviens, ça ne servirait à rien. Les plans sont tracés quand bien même on s'en méfie. Indéniable, inextricable, inévitable. Tous les mots tranchants et abrupts vous pouvez les prononcer en même temps que moi. Un chœur alors monterait vers le ciel comme cent mille bras bruns de Brésiliens en samba. Un carnaval étincelant. Rio ne serait rien en comparaison.

Est-il dorénavant interdit d'imaginer le meilleur comme le pire ? C'est fatal. Je ne suis plus amoureux, je l'aime. Quelle étape ! Quel relais ! Quelle absence de désespoir ! C'est à vous donner envie de crier : Help !

* * *

Rafales par-dessus rafales. Le printemps devant nous est une utopie, tout comme le bel été derrière. Elle a laissé du sang dans mon lit. Comme pour que ne s'oublie pas le goût de vivre. Sans Elle, j'entreprends la journée qui vient et qui sera l'hiver à elle toute seule. Décrocher le téléphone d'abord, pour cesser de raconter mon histoire d'amour qui vire à l'épopée, tant j'en parle mal. À côté des mots, entre les mots, c'est là que tout se situe. Alors, vraiment, ça ne sert à rien d'essayer. Dans ma peau, il ne se trouve et ne peut se trouver que moi. Et Elle. Eh ! oui, Elle est à la fois dans sa peau et dans la mienne. Drôles d'épidermes que les nôtres, qui ont don d'ubiquité. Ou presque. Quand je me touche, je la sens. Si Elle me sent quand elle se touche, alors c'est complet. N'importe quoi. Tout ce qui me passe par la tête. Comme quoi rien n'est impossible quand nul n'est tenu. J'oscille entre le plus-que-parfait et le présent. Le passé lui, là-dedans ? Ne le cherchez pas. Il dérive au large des côtes dépassées. Je ne vous perds pas, j'espère, dans tous mes malicieux détours ? Suivez, suivez, vite si vous le pouvez ! Tout sert de courir, même quand on est parti à temps. Parce que ça va vite. L'amour se dépêche. Il n'attend pas que tous les moteurs soient huilés, bien rodés. Il prend les devants. La belle épouvante. Le mors aux dents. La poudre d'escampette ? Peut-être pas. Peut-être nous reste-t-il encore un peu de temps pour construire avec son aide un lieu, un espace ? Pas un oasis. L'eau fraîche est là, bien sûr, mais pour l'essentiel. Elle ne désaltère que lorsque la soif est plus forte que la mort. C'est-à-dire quand s'arrête, à l'intérieur de soi, la peur, l'ombre noire. Patauger dans l'eau fraîche, au lieu de boire à grands coups, ne peut conduire qu'à un gaspillage grotesque. Voilà pour ma pensée du matin. Profond, hein ? Comme le puits des amours dont la margelle est accueillante comme une plage.

Où est le danger ? Je m'interroge. Que craint-on ? Bien des choses. Bien des réponses me viennent à cette question qui en a obsédé plus d'un, j'imagine, avant moi. Allons-y ! On a peur de vivre tous les jours, côte à côte, le quotidien qu'on se complaît à imaginer braillard comme une bête malade. On craint aussi le temps. « Ça ne peut pas durer. » Vous avez sûrement entendu ça, dit ça, aussi souvent que moi. On a la frousse que ça ne nous mène nulle part alors qu'on est prêt à aller n'importe où. J'irais au bout du monde avec toi. Et on n'ose même pas aller jusqu'au bout de son désir.

Alors on s'angoisse avec des hypothèses basées sur les malheurs de l'histoire. D'autres, avant nous, furent flancs mous et nous prenons la suite, comme des moutons. Peurs par-dessus peurs, faut dire que ça fait un méchant tas de frayeurs à enjamber quand la course commence. Pas drôle. Dur. J'abonde dans votre sens. Tout reste encore à faire dans ce sens-là. Sur nos gardes, sur notre défensive, les freins appliqués au moindre cahot. On ne peut évidemment pas s'abandonner au plaisir de la route. Nos nerfs alors s'usent, se durcissent, cordes d'acier qui se rompront dans les montées rudes. Youkaïdi, youkaïda ! Chacun ne sait pas chanter pour exorciser ses malaises. Et pourtant, tout est là : apaiser, soulager, tranquilliser sans endormir. Bon pied, bon oeil, attentifs et détendus, où donc croyez-vous qu'il nous soit interdit, impossible, d'aller ? Seulement, les cours de conduite qui se donnent dans toutes les écoles indiennes, américaines, zen et de renouveau charismatique, déroutent davantage les prudents. Je le sais, j'en ai essayé plus d'une. Ferveur, piété, foi même. Rien ne semblait me manquer dans mon désarroi. S'accrocher de toutes ses forces sert alors de moteur. Et allons-y pour les dévotions ! Ne cherchons plus, la vérité fuse, jaillit, crève les yeux. Et plus ça demande d'efforts, de contorsions, plus ça convainc. Faut vraiment avoir dédain, presque dégoût de la beauté de la vie, de sa force, pour ainsi livrer combat à la vitalité qui émane, je l'admets, sans discernement. Les pauvres comme les riches, les valides comme les handicapés de toutes sortes, tous et chacun suent les mêmes grosses gouttes, avalent les mêmes microbes et n'arrivent pas à s'en sortir à tout bout de champ. Luttons entre classes si on n'arrive pas à battre ses propres fantômes. Fracassons des records si on n'atteint pas la frontière de nos rêves. Démenons-nous comme des diables dans l'eau bénite puisque l'eau impie menace nos principes et qu'elle rend lubrique et pervers, a-t-on entendu dire. Extorsions, mirages, dilapidations, alors, sont nos seules voies. Pantelants, chancelants, on se heurte, on se blesse. Se remettre à craindre de toutes ses forces devient alors simple et facile. Un véritable chemin de croix perpétuel. Choeur des louanges à l'anxiété, premier verset : « Mon Dieu, Mohammed, Maharashi, que je fais donc pitié, que je ne me sens donc pas bien ici-bas ! Que je m'ennuie donc de la paix ouatée de ma petite enfance ! À l'aide ! Vous n'en n'êtes pas à un miracle près, je le sais. Vos exploits sont innombrables, écrits, scellés dans vos livres qui m'ont coûté si cher. Faites quelque chose ou alors je ne réponds plus de rien ! »

Réponse d'en haut : ...!

Tristesse, aberration, retard sur sa vie. Tout à refaire. Impression de virer fou à la moindre contrariété, etc. *The whole thing.* Totale catastrophe. Restent peut-être l'astrologie et la biorythmie. L'écologie ? Déjà ça dépérit, proportionnellement au dépérissement de la nature. Science et religion déçoivent comme des joints de thé. Crevés, écoeurés, au bord du suicide, on se décide parfois à faire face à soi-même. En désespoir de cause. Pourquoi pas ? Sait-on jamais ? Si la solution se trouvait là ? Si elle coulait au lieu de frapper ? Si elle sentait la luzerne et non l'encens ? Si elle chantait *À la claire fontaine* au lieu de psalmodier *Aôummmmmm* ? Si elle chantonnait *Gai-lon-la, gai le rosier, J'ai tant sauté, j'ai tant dansé, que j'en ai perdu mon âme* ? Airs connus. Trop de simplicité alors, nous navre. Avoir tant cherché à tort et à travers ! À se tordre et à se traverser. Et que ce soit là, ici, dans le creux de sa paume ? Et que l'on se sente si vulnérable ? Presque prêt à finasser avec la mort, remis au monde par l'acceptation désencombrante de la simplicité du mystère ? Fin de mon discours, sermon. Elle arrive. Quand Elle arrive, tout cesse d'arriver autrement que par Elle. Je n'y peux rien. À plus tard. Vous êtes gentils comme tout. Allez donc boire à votre santé. La mienne est entre bonnes mains. Elle est là.

* * *

La Pasionaria. L'accouplement avec quelque chose de sud, de soleil, de ruisselant dans le plaisir. C'est tout à fait Elle et moi quand le plaisir nous taraude. Dans son orbe, nous passons des heures. Atterrissons-nous que nous décollons de nouveau, de plus belle. Envols sans voltige, simples. Laissons la virtuosité aux virtuoses. Nous, c'est jouissant mais c'est pas volontaire. C'est exaltant sans être insolite. Dans son oreille gauche qui saille de l'oreiller, je chantonne, pour l'agacer.

— Je n'ai jamais assez de sugar crisps, de sugar crisps...
— Arrête ! Tu m'énerves !
— Tiens, tu es réveillée.
— Non, je dors et je fais un cauchemar.
— Regarde, il fait soleil. C'est dorénavant le printemps perpétuel. Mon milieu du corps en durcit de joie. Allons, à la besogne !
— J'ai envie de pipi.
— C'est meilleur encore quand on a envie de pipi.
— Cochon !

Et nous exultons ainsi dans la clarté du commencement du jour. Comme si de rien n'était. Sur la même longueur d'ondes. Ensemble, quoi. C'est aussi bon que rare. L'humus, le trèfle et le coeur de marguerite, ça sent bon dans la chambre à s'en décrocher les narines. Claires, transparentes, nos pupilles s'agrandissent à la mesure du goût qu'on y prend. Ankylosés, nos membres, après coup, se réveillent et s'étirent comme des bêtes engourdies qui savourent le pétillement doux de la réanimation. Sauvés du merveilleux cataclysme, nos bras, nos jambes se meuvent de nouveau, souples, pleins d'une vigueur presque excessive.

— Tu goûtes la Gitane.
— C'est possible, c'est la sorte que je fume.

26

— Tapon !

— Quoi ? Tu m'insultes, ce matin, avec mes propres mots sales ?

— Je suis rendue que je parle comme toi, avec tes mots.

— T'as pas fini. Parce que j'en ai un pis un autre. .

— J'taime.

— Ça aussi, c'est de moi.

— Toi, si t'inventes pas tout, t'as mauvaise opinion de toi-même !

— C'est vrai. Par exemple, j'invente ceci : deux oeufs, du bacon et la confiture de pêches de Marie-Jeanne.

— Hum !

— Que signifie cette onomatopée déconcertante ?

— Que ta main est bonne, là, sur ma fesse.

— Laquelle ? J'ai les deux mains sur les deux !

Rire. Toujours. Les dents en avant, on saute sur cette chance. Se la couler douce. Ivresse ? Pas tout à fait. Enfin, oui, si vous voulez, nous sommes saouls. Saouls de gaîté. Chauds, en ébriété, nous allons sortir du lit comme des rescapés. D'ailleurs, n'est-ce pas ce que nous sommes ? Des rescapés, après le plus beau des naufrages. Avec un orgueil spontané, on émerge des flots de couvertures pour aller déjeuner. Ça paraît simple comme bonjour, mais faut le faire. Avec autant de naturel, commencer la journée, échapper à la pesanteur des mauvais rêves, ne pas automatiquement redevenir misanthropes dès les premières nouvelles à la radio ! Moi, ça faisait des années que ça ne m'était pas arrivé. Être gai le matin. Je pensais que ce n'était plus possible qu'à l'occasion de mes voyages exotiques ou d'un réveil impérial au champagne. C'est bien pour dire, hein ? comme la vie fait les choses !

Inquiétant, ce pli sur son front bref. Irait-Elle jusqu'à se douter que je m'ennuierai d'Elle pendant cette journée ? Elle, qui s'en va travailler, gagner le café et le martini, rencontrer des gens mal pris qu'Elle va aider à s'aider, à qui Elle redonnera espoir, coeur et moyens ? Elle, qui est utile partout ailleurs qu'avec moi où Elle est indispensable ? Je n'en reviens pas. Je suis dans sa vie, y a pas à en sortir. Elle est sur le point de flancher, de rebrousser chemin, de revenir dans le lit, dans l'abondance des caresses, avec moi. J'en suis fier comme un bon. Comme un boulanger de son pain chaud et odorant. Comme un amoureux à qui la belle donne un regard, une chance, une échelle.

— Téléphone-moi au bureau, O.K. ?
— O.K., O.K., O.K. !
— Laisse-moi partir, bon !
— Attache-toi, fait froid dehors. Toujours la poitrine au vent comme une carène !
— Une quoi ?
— Une carène, une sirène, une proue, une statue, une pas bonne...
— J't'aime !
— Va écrire, je sens que ça va venir.

Elle disparaît. Sa voiture démarre comme pour une course. Les vingt-quatre heures de Montréal. Elle est une décidée. Elle fonce. Elle y arrivera. À tant se démener, Elle convaincra, éclairera, sauvera. Elle ne serait pas d'accord sur ce que je dis d'Elle. Homme de lettres, ça dénature. D'autant plus que j'en sais peu sur son métier, sauf qu'il semble lui donner des ailes. Moi, j'élucubre et ça l'embarrasse un peu. Mais que voulez-vous, je suis novice dans l'art de parler d'Elle. Elle est nouvelle. Elle est très nutritive pour moi. C'est fou de tant parler d'Elle et d'en savoir si court sur ses enthousiasmes parallèles. Je la questionnerai peut-être un soir, entre deux de nos enthousiasmes personnels.

*   *   *

Dérisoire, cette manie qu'ils ont tous de palabrer, à propos de moi, à travers leurs chapeaux. Je parle des autres.

28

J'en dis du mal. Eh ! oui, ça m'arrive. Ils joignent l'inutile au désagréable. Ils me fatiguent. Ils ne savent pas ce qu'ils font et je ne leur pardonne pas. Parce qu'ils prétendent me connaître, me deviner, pire, me mettre en garde. Je parle de certains de mes amis. Ceux qui ne sont pas certains. Ceux dont je ne suis pas certain. Avez-vous remarqué comme nos proches nous en veulent quand on est heureux à l'écart d'eux ? Ne serait-ce qu'un moment ? Ils vous alarment avec vos vieilles erreurs qui traînent encore dans quelque recoin de leur mémoire acide. À croire qu'ils vous ont espionné tout ce temps-là. Ils ne vous ont pas écouté, entendu. Ils vous guettaient, vous surveillaient, vous faisaient passer des tests. Esquinter, décourager d'essayer sans leur précieux concours, faire fuir la fille, faire des plaisanteries pas drôles du tout sur ce qu'on peut avoir de plus précieux et de plus suave, le désir de changer. Et si on prononce le mauvais, le méchant mot de jalousie, ils rient jaune et se rabattent sur votre fond de scotch, goulûment. J'exagère ? Vous ne les connaissez pas. Des phalènes étourdissantes quand il est question de mon bonheur personnel. Narquois, presque hypocrite, moi, je souris. En dedans je rage, trépigne. Je suis un enragé décontracté. Ça m'a souvent tiré de mauvais quarts d'heure. Mais là ! Qu'ils ne viennent pas se presser au seuil de mon logis, armés jusqu'aux yeux de conseils adipeux parce que je me sens intolérant comme une féministe contractée ou comme un phallocrate écorché. Et il faut vraiment que je sois en colère pour sentir monter ces jappements-là. Arguments et discours, bavardages analytiques ou questions bien intentionnées, irrespect et méchant humour. Étant moi-même un peu cynique, voire même ironique dans mes heures éplorées, jusqu'à un certain point je peux comprendre leurs sarcasmes vilains. Ils désirent sans doute, pour une bonne part, empêcher que je me convertisse encore une fois. Ce qui, dans leur langage, signifie les abandonner. Subtils, hein ? J'en deviens expéditif, bref et ennuyeux au téléphone. Ils me croient en crise, sombrant dans je ne sais quel marais dangereux, et ne se gênent pas pour me laisser voir leur tristesse obtuse. Ça leur gicle du foie, ma foi. Et l'indigestion, c'est moi qui me la tape. C'est généreux comme tout de leur part et je devrais les remercier au lieu de m'enfermer chez moi avec ma nouvelle conquête, comme ils appellent Elle. Auraient-ils encore si épouvantablement besoin de conquérir ? Déprimant, quand on y songe. Sans leur condescendance à vous en jaser comme de la pluie et du beau temps, on ne peut pas vivre. Ils vous croient indispensable à leur cheminement logique. S'écorchent-ils, qu'ils savent trouver le baume chez vous, dans ce particulier et inestimable coin de votre vie qui leur appartient de trop longue date pour le remettre en question, le redouter. Et on ne les évite pas. Ils adhèrent. Ils prennent la peine de. Ils se désâment à vous rendre service. Se sacrifieraient si le mot sacrifice n'avait été banni de leur vocabulaire, à cause de la misère noire qu'ils ont à admettre l'abnégation de leurs parents. Bref, ils sont inquiets pour moi. Ça me fait un beau gras de jambe. De quoi alourdir mes arabesques. Mettre de l'eau dans mon gaz. Dans mon essence. En effet, ils arrivent, les misérables, les affreux, à faire dévier provisoirement ma trajectoire. Je fais le funambule avec difficulté pendant quelques heures, sur ma corde. Sans filet, soudain, je crains mes hauts et mes bas. Ce qui m'appartient le plus férocement depuis toujours, ma folie, ils me la tachent, me la rouillent, me la ramollissent. Mon grand-père aurait dit « Sacrez-moi vot' camp chez vous ! » Lui, il ne tergiversait pas. Freud et Kate Millet ne figuraient pas dans l'album de famille. C'est vrai. Cette promiscuité, le grégarisme, le cercle d'intimes, nommez comme vous voulez l'allure moderne et citadine qu'a prise l'amitié de nos jours, tout ça n'est pas forcément favorable, fertile, propulsant. Valait peut-être mieux le glorieux combat avec les éléments naturels d'autrefois, que cette bataille rangée, que ce désespérant coude à coude, cette solidarité paresseuse. Enfin. En tous les cas. Que voulez-vous ? C'est comme ça. On s'adore. On s'appelle et on dîne ensemble. Voilà ce qu'on va faire. On se téléphone !

L'incommunicabilité ? C'est pas qu'on ne communique pas assez. On communique trop et mal. Par ci, par là, on se tient au courant de tout et de rien. Bien sûr, y a les vrais amis qui risquent ici de me trouver rude et vif. Ceux-là savent pourtant. Ils connaissent la réciprocité. La pratiquent avec moi d'une façon respectable et vivante. M'enfin, les autres ? J'en vois trop des autres. J'en verrai moins. Les ferai fondre à la chaleur braisée de mon amour neuf et entreprenant. Ugh ! J'ai dit ! Un point c'est tout. Ou presque.

* * *

Diminution de la tendresse à l'échelle de la planète. C'est écrit dans le journal à coeur de pages. Ce qu'il en faut de l'énergie pour continuer à avancer dans son petit sentier. Oh, on n'est pas de bonne humeur tous les jours ! Que non ! On rechigne ici aussi. On voudrait le bonheur avec un grand B comme tout le monde et sans désagréments. On ne peut pas vivre toujours à l'abri du temps. À l'abri des soucis sourcillants. La mesquinerie rôdaille, s'insinue, fouine. Indécent, déplacé, le désarroi persiste. Il est fossilisé. Il fossilise. Il est là, quoi. Avec tous les artifices qui dépriment quand les certitudes foutent le camp. Faire une marche, Mozart, yoga et martini quelquefois n'y peuvent rien. Nouvellement heureux rend fragile. Perméable. À la merci du mondo cane. D'une sensibilité excessive, je suis excessivement sensible. Un rien me culbute, me déséquilibre.

À soir le yâble sort de son trou pour ramasser son monde...

C'est mon père qui chantait ça dans le petit matin. Quand on partait pour la chasse, les deux fusils dans les deux coudes de nos deux bras. Le bon temps. J'étais ti-cul et lui était mon père. Les pins et sapins sentaient bon et fort. L'eau claire existait encore dans ce temps-là. Laissez-moi vous conter des souvenirs lénifiants. Quand j'ai les bleus, ça me

rosit un peu. À chacun ses remèdes de bonne femme, non ?
Je m'assoyais dans la pince de la chaloupe et, connaissant par
coeur le grégorien des marécages, je jasais de tout mon coeur
avec les grands hérons et les nénuphars jonchés de grenouilles. Bucolique dès mon jeune âge, comme vous voyez, ça
marque. Il faisait toujours froid mais d'un froid qui piquait
bien, qui n'engourdissait pas. De façon générale, le ciel était
somptueux. Juste pour le plaisir. Comme il sait si bien s'y
prendre pour nous rappeler que nous vivons sur une planète,
dans une galaxie, un univers. On avançait sur les frissons de
l'eau comme par enchantement et avec l'aide d'un moteur qui
murmurait, au lieu de prendre toute la place comme ceux
d'aujourd'hui. Ça ne nous rajeunit pas. En tous les cas. Le
mois d'octobre, l'été des Indiens, le beau temps. Chanceux
que nous étions. Rétrospectivement, je nous envie. Les mouet-
tes, n'étant pas syndiquées, s'en donnaient à ailes joie. Leur
vol survolait l'embarcation avec *sparages* et éloquence. À
l'occasion, un huard poussait sa plainte tragique. Déchirante.
On aurait dit toujours le même huard et sa même plainte.
Toujours le même matin et son même calme. À cette époque-
là, rien ne changeait. Je veux dire, uniformément le temps
s'étirait. Avec des émotions sans âcreté. On sentait venir
l'hiver sans s'alarmer. Les rats musqués fabriquaient leurs
huttes, mon père coupait du bois et je faisais mes devoirs,
engourdi de chaleur odorante, dans la cuisine, le soir. Tou-
chant, hein ? Innocent, à l'écart de toute dureté, je poussais.
Par la suite, je devais m'en poser des questions ! Écoutez un
peu. Dans quel monde vivais-je donc, moi ? Je n'avais rien
connu de misères, des indigences, des tortures ? Fallait que
le monde se rattrape. Ils se sont rattrapés. Ont regagné le
terrain qu'ils m'avaient laissé. Ont repris leur poste. Ont
usurpé, quoi. Ce fut le collège. L'enceinte, comme disait
mon père. Faut bien que la fête finisse. Si la grande cérémonie on veut qu'elle commence. Me suivez-vous ? Pas grave.
Mon gâteau a du mal à lever ce matin. Vous savez comment
c'est. Il y a des jours où tout est lourd, tout est sur le déclin.

On vieillit. Les os nous font mal, on laisse tout, on échappe tout. Rien ne tient dans les mains, on s'imagine des choses. Vous en faites pas. Vous raconterai pas ma vie. Surtout qu'elle est escarpée dans les détours, que vous vous y perdriez et prendriez vertige.

Bon ! Aller dormir peut-être ? Que ce mal de tête prenne le large ! Rêver d'Elle en tenant mon sexe dans ma main. C'est mieux qu'une claque en pleine face.

À soir le yâble sort de son trou pour ramasser son monde...

* * *

Le soleil quelquefois, on peut le regarder en pleine face. Il est doux et orangé ce soir. Presque plus lui-même. Dans la voiture, il colore le visage clair d'Elle. Moi ? Je suis coloré aussi, si j'excepte ma main qui se trouve sous le chandail d'Elle, précisément sur un de ses seins. Le droit. Celui de mon côté. Il est chaud et palpite presque. Nous allons où ? À la campagne, se mettre au blanc, comme diraient les Français, s'ils avaient une petite idée de ce qu'est notre hiver. Elle me demande de chanter. Faut croire que ma voix la charme. Un rien la charme venant de moi. Vous imaginez ma chance ? Mon étonnement surtout ? Étourdissant ce voyage à même la neige. Je chante du Félix Leclerc à qui mieux mieux.

Tu dis que rien n'est fini
et que tout recommence
que le mois d'août est sur le lit
entouré de silence...

C'est beau, hein ? En tout cas, Elle aime. Les yeux lui flanchent. Vraiment, je suis sur le bord de me prendre pour un chanteur. La seule chose que je ne sais pas chanter c'est la pomme. Et ça tombe bien parce que, de nos jours, les filles

33

détestent ça. Tout va pour le mieux dans le meilleur des chars et nous filons à bonne allure sur la route où se bousculent des paquets de neige. Fantasquerie, poudrerie, *Mon pays, c'est l'hiver*, tout y est. Nelligan dirait : *Tout ruisselle de gaîté blanche* ! Et pour ne pas lui faire de peine, je dirai comme lui : tout ruisselle de gaîté blanche. Soudain, n'y tenant plus et ne tenant plus le volant, Elle immobilise le véhicule. Panne ? Plaque de glace aperçue sur le chemin ? Pensez-vous ! Tout bonnement, ma main, qui n'a cessé tout ce temps de taquiner son sein, a réussi à animer Elle, tout entière. Comme quoi il ne faut jamais se décourager. Tout arrive à temps à qui sait bien s'y prendre. Elle est belle dans la lumière rougeaude. « Embrasse-moi ! »

Directe comme ça. Elle s'adresse à moi. Sans pudeur ni trompette. Vous pensez bien qu'Elle ne me prie pas plus longtemps. À bouche que veux-tu, on y va. C'est bon comme de l'eau d'érable bue à même l'entaille. Et encore. L'image ne traduit qu'approximativement. Faudrait y être et heureusement pour moi, vous n'y êtes pas. Nous voyez-vous tous dans l'auto, à s'embrasser ? Vous seriez aussi gênés que moi ou bien vous êtes de ces dégénérés.

— Maudit ! J'me tanne pas !
— *Ça va venir, ça va venir, découragez-vous pas...*
— Mets ta main là.
— Où ça ?
— Là !
— Ici ?
— Vouiiii...
— Toi, mets ta main ici.
— Où ça ?
— Ici !
— Là ?
— Non ! Ici !
— Là ?

— Plus bas mon ami, plus bas mon amant, c'est là que je souffre, c'est là que j'endure...

C'est mirobolant la campagne. Vue sous cet angle-là, spécialement. De toute beauté. Et on repart. La route vacille, brille, tangue. Faut ouvrir un peu la fenêtre pour que la conductrice dérougisse. Elle se remet alors à parler. C'est fou ce qu'elle en sait des choses. Les bois et les sous-bois. Elle connaît ça. Et le zonage agricole et les mesures agraires, alouette. L'écouter en parler, c'est instructif et doux à l'oreille. Il n'y a pas plus poètes que ceux qui ignorent s'ils font des douze pieds ou des vers libres. Comme Elle. Tourne à gauche, tourne à droite. Elle mène la barque. Ne manque même pas l'effusion de sang dans le fond du ciel qu'on a envie de nommer firmament, tant il ne déçoit pás. « Hostie, qu'y fait beau ! »

Ça ne nous gêne pas d'être exagérés. Ensemble, on met le paquet. Se laisse emporter qui veut par un temps pareil. Notre engouement pour la beauté des étendues blanches ne tarit pas. On a le regard tout plein de scintillements délicieux. Une vraie composition française de petite école. Ce que ce serait merveilleux d'être en *sleigh*, les deux pieds collés aux pierres chaudes, la pelleterie de chat sur les genoux, le fouet mollet ! On en voudrait toujours plus, hein ? Jamais contents. Rapaces, voraces, féroces, on exige, revendique, désire. Au bout de la joie, on réclame encore que la joie continue. On est faits comme ça. Mais, pour le moment, on peut dire que ni Elle ni moi ne sommes réfractaires au paysage blanc et mauve. Il nous bouleverse au contraire. Nous revivifie. Avoir le délire facile est facile devant pareil concert. Modérer nos transports ? Pour qui nous prenez-vous ? Pas question ! Comme dit Elle : *Notre char n'a pas de reculons ! Envoyons de l'avant nos gens !*

Recueillis, en dedans de soi pour une minute, Elle et moi,

on songe. Songeons toujours. On n'en est pas à un roman près, chacun de notre côté. La vie est dure pour tout le monde. Chacun fut seul, de nous deux, avant qu'on s'aime. Alors, quelquefois, ça nous ombre l'erre d'aller. Ça nous donne des allures renfrognées, pensives. Mais ce sont des allures. Des attitudes. On tient beaucoup à s'ouvrir, à ne pas rester accrochés, conscients de notre mutabilité. On a tous les deux longtemps macéré dans des habitudes. Forcément, ça rend timide, voire même méfiant.

Soudain, la poudrerie vient pailleter le pare-brise. Millions de cristaux, instantanément. Prodige qui nous oblige à statuer sur la route à suivre. En effet, on ne pourra pas continuer comme ça longtemps, il tempête. Nous trouvera-t-on gelés et enlacés, à l'aube ? C'est pas que ça nous est équilatéral, mais comme chacun, on a tendance à aimer le danger. Il a des saveurs indéniables, faut dire.

— On dirait bien qu'y neige !
— À moins qu'une usine de sel ait perdu son toit, me semble que oui.
— Qu'est-ce qu'on fait ?
— L'amour.
— Ah, toi !
— Quoi, moi ?
— Réfléchissons !
— C'est tout réfléchi. Doit bien y avoir une auberge pas loin ?
— Pis ?
— On y passera la nuit. J'ai vingt-deux piasses dans ma poche, c'est assez pour une chambre simple.

Elle sourit. Avec un peu de malice cependant. Quelquefois, mes initiatives la déconcertent. N'empêche qu'on s'achemine à travers vents et flocons en direction du village. Elle est là, l'auberge, comme fallait s'y attendre. Laide, particulière, elle-même. Fatidiquement, elle nous attendait. Il manque au moins trois dents au sourire forcé de l'aubergiste. Mais qu'à cela ne tienne, nous dormirons dans son auberge. Où iriez-vous par un mauvais temps superbe pareil ?

* * *

Au beau milieu de la nuit, réveil brusque. Elle a mal. Elle hurle. Ne l'ayant jamais entendue hurler, je suis défavorablement décontenancé. La secouer ? La caresser ? Laisser faire ? Que faire ? Un cauchemar est passé par là et Elle l'a attrapé. Larmes, cris étouffés. Elle souffre. Fastidieux d'essayer de la comprendre. Elle fait des vocalises au lieu de s'expliquer. D'abord de l'eau froide. Où diable les mettent-ils ces robinets ? J'allume, je les trouve. Pris de panique moi-même, je titube dans la chambre. Chacun son cauchemar. «Ah... Oh... Uh... »

Difficile de décrire ses malaises. Mettez-vous à ma place ! Bon ! Cette chambre, je le vois bien à la lumière de l'éclairage, est sinistre. De quoi empêcher qu'on sorte indemne d'un cauchemar, si provisoire soit-il. Même pas de bible dans le tiroir. Ahurissants, ces nouveaux tenanciers. Blague à part, je suis énervé. Elle gémit toujours, pauvrement appuyée contre le montant du pauvre lit. Elle est pâle. En disgrâce, mon regard fait le tour de la chambre ; même pas de téléphone au cas où quelque chose tournerait mal. Faut donc que je sois efficace et tempéré. Je vous dispense de vos conseils, le temps qu'ils me parviennent, Elle aurait le temps de crever. Donc, n'écoutant que ma maladresse, j'entreprends de la soutenir, débarbouillette en main. Tant bien que mal, Elle se calme. Me dira-t-Elle la cause de ce tourment nocturne et bruyant ? Oui, Elle semble en état de parler. «J'ai fait un mauvais rêve ! »

N'importe qui, même vous, s'en serait au moins douté. Si vous lui voyiez l'air !

— On était tous les deux sur un radeau, en pleine mer... J'sais pas nager, ni toi non plus...

— Je sais nager.

— Dans le rêve, tu savais pas. Je voyais bien qu'on allait sombrer, couler... Mais toi, tu ne faisais rien... Tu chantais comme un bon... Je sentais les chutes, les cascades approcher... Mais tu chantais de plus en plus fort... Un vrai fou ! J'essayais de crier, de t'empêcher de chanter, mais tu voulais continuer... et là... une fois aux chutes, tu t'es laissé tomber en bas du radeau et moi... l'eau m'a transportée dans une espèce d'abîme... C'est effrayant !...

Faut bien avoir le goût et l'occasion de s'amuser un peu pour qu'un pareil cauchemar vous tombe sur la tête. De quoi faire rebrousser poil au moindre petit vent de tendresse. Elle, fébrilement, se remet. Moi, fébrilement, je la touche, la console, l'aide. Je l'aime. Aucun mauvais rêve ne viendra à bout de ce fatidique arrêt du sort. Du mien. Elle sanglote et je respire ses cheveux mouillés par la peur. Elle m'aime aussi. Seulement, de temps en temps, comme moi, Elle se raidit, doute, dort mal. En voilà une raison pour rêver qu'on suit l'eau violente jusque dans des abîmes dangereux ! Je n'interpréterai pas ce rêve. Il est clair. Elle-même le considère bien, le voit bien. N'essayons pas de refouler cette chance inouïe. Nous n'avons besoin de rien ni de personne, ni de mauvais rêves abrupts pour comprendre que nous ne pouvons pas nous éviter. Comme l'eau n'évite pas l'air. Comme l'air n'évite pas l'eau.

Drôle d'épisode, hein ? Elle réclame que je la serre, tienne, embrasse. On se fusionne à nouveau. Sans scrupule ni discrétion. Refaire l'amour ? Vous ne pensez décidément qu'à ça vous autres ?

* * *

Fureur. Les agents du tourment sont venus. Sans mandat, ils nous ont arrêtés. Nous sommes tendus, crispés, raides, ce matin. Elle est grave, cristallisée dans une torpeur qui lui prend tout. Si j'épluche les raisons, je trouve le coeur du trouble. Mais je n'ai pas le coeur à éplucher. Rongé par la mauvaise nuit, je suis obtus moi aussi. On se retrouve seul tellement vite, n'est-ce pas ? Rapidement, on reprend son joug. Son carcan, sa place. Son trou. Rien n'y fait dans ces cas-là, on pâtit. Le café est démesurément amer, le ciel invariablement gris. Bref, la banalité nous enrobe. Merde ! Tout ce que vous voudrez. Ce sont les bas qui viennent outrageusement contraster avec les hauts. On prend très mal ça, évidemment. Comme de raison. Elle est en retard, regimbe. Moi ? Je me dérobe. Je lance des imprécations par en dedans. C'est inutile et grotesque. C'est pas mêlant, on saigne presque tant on est blessés.

Un beau matin, on ne joue plus à cloche-pied... La jeunesse ça s'en va... On sait d'où l'on vient mais on ne sait pas où l'on va...

Vous avez deviné ? C'est la radio. Elle vient aider. Faire du bien. Concourir à désenchanter. La tempête n'a laissé que des problèmes d'auto et de la misère à avancer. Décidément, ne ressuscite pas qui veut tous les matins ! Ouais ! La mort vient de gagner quelques arpents. Elle se rapproche de nos points faibles et tiraille. Accablés, démunis, comme des bêtes endolories, on ne se débat plus.

Les jours se suivent, etc. Mots dantesques, effrayants, à pic. Descente, vertige, mal de coeur. C'est capricieux le bonheur. Ça demande, exige beaucoup pour ce que ça donne. Esquissons-nous un sourire qu'il tourne à la grimace. Un rien devient un désappointement. Les nerfs à terre, on continue. Elvira Madigan, très peu pour nous. La lumière est pauvre, alors nos prunelles sont dans un état mat. La tendresse n'est pas abolie. Elle est en veilleuse. Elle n'est plus sur notre peau. Elle s'est retranchée dans notre gorge et elle s'est transformée hypocritement en chat.

Je chante quand même et contre tout. J'essaie. Je me force. Mais à mesure qu'on approche de la ville, je sèche. Quelle escroquerie ! On a dû se faire avoir quelque part. On n'est pas assez vigilants. On en laisse trop passer et ensuite ça nous passe dessus. Au moment où on s'y attend le moins, il va sans dire. Bof ! Que voulez-vous, ce n'est pas fête tous les jours, etc. Traquenards et embuscades nous guettaient. La nature est généreuse, dit-on communément. En oubliant d'ajouter comme elle est vorace à ses heures. Sans vent dans les voiles, on ne va pas bien loin. On longe les côtes et les côtes sont constellées de vieux bois mort et pourri. Champignons et mousse verdâtre. Calendrier, agenda, carnet de chèques. À leur convenance, les obligations empêchent la paix du coeur.

> *Réveille-toi, réveille-toi,*
> *c'est un jour nouveau qui commence...*

Un gars s'essaie. Mais Elle ne bronche pas. Elle est impavide dans la jonglerie floue et sombre. J'y suis, j'y reste, semble-t-Elle dire. Elle fronce les sourcils, plisse le front, a tous les symptômes de la mauvaise humeur, caduque et têtue. Ça ne passe pas. Ça reste et ça appuie, pèse. Sur le bord de la route, une corneille insane insiste. Son vol noir traverse le pare-brise, mauvais signe. On devient vite superstitieux quand tout est parti pour mal aller, hein ? Incontestablement, cette corneille nous escortera jusqu'à l'autoroute. Belle affaire !

Inaccessible, Elle se fait du mauvais sang. Alors là, moi, j'en ai assez. Son mauvais sang me coule aussi dans les veines. Je suis authentiquement navré. Il faut que j'improvise quelque chose ou bien...

— Je t'aime. Je n'ai jamais aimé vraiment quelqu'un. Quelqu'un d'autre que moi en tout cas. Et je m'aimais mal. Avec beaucoup de doutes sur mes qualités, possibilités, talents. Depuis que tu es là, ici, avec moi, je me sens capable de tout. Souris-moi ou bien j'ouvre la portière et je figurerai parmi les soixante-trois accidentés de l'autoroute du week-end ! Je veux construire ma vie avec toi. Aide-moi ! J'ai besoin de toi. Terriblement. Au point où je n'arrive plus à me souvenir quels étaient mes plans avant de te connaître. Des plans de nègre sans doute. Eh you-hou ! je suis là ! Égoïste et irritable mais présent. S'il faut que ce soit une faveur, que c'en soit une. Souris-moi, hostie !

Elle s'exécute. Et il est plus que convenable, ce sourire-là. Avec de la buée dans les yeux. Vous savez, le genre irrésistible. Faut dire que j'ai mis le paquet. Ce qu'il ne faut pas faire des fois !

*   *   *

Suivez-moi ! C'est mon histoire et c'est débridé et c'est désarticulé et c'est sincère. Il s'y trouve des choses, des possibilités, des élans et des retombées qui vous prendront au sérieux et à la légère, alternativement. Mais si vous me laissez tomber trop vite, c'est moi qui montrerai les dents. C'est sans dessein ce que je dis. Je ne sais montrer les dents que dans un sourire large comme d'ici à demain et généralement destiné au meilleur plutôt qu'au pire.

Non. Sans farces, il se pourrait qu'on se ressemble malgré nos airs divisés. Restez donc ! Pour le plaisir et aussi pour la tendresse. Pour qu'existe entre nous ce qui existe rarement nulle part : l'échange dans toute sa simplicité et dans toute sa follerie.

Et puis c'est ça. Me suivez-vous ?

Vibrations braisées dans le bas-ventre. C'est le soir et c'est la pleine lune. Imaginez un peu. Sur la neige, des étoiles bleues. La lumière entre discrètement et vient se coucher à nos pieds. Une gourmandise nous pousse. Nous n'y résistons pas. Le sofa nous laisse caler dans son creux. Elle s'ouvre, mouille et je bande. Lisses, emportés, on se suit, se précède, se suit à nouveau. Ses cheveux coulent sur ma poitrine, envahissent mon cou, viennent fasciner ma nuque. Ne pas entrer tout de suite en Elle. Le luxe pur de nos regards nous fait fondre, nous dissoudre provisoirement, accepter le meilleur. Imposition brûlante des mains. Sans impatience, je me penche entre ses cuisses. Là, se réunissent deux salivations jumelles. Gracieuseté du désir qui sait très bien ce qu'il faut faire. J'ai du mal à m'abandonner tant Elle m'allume, me met le feu. Aucune léthargie. Plutôt un fiévreux hommage qu'on se rend. En toute complicité, Elle et moi, on menuise le plaisir. Impossible de se méprendre sur notre ardeur, elle nous contient tous les deux, entiers, libres, innocents. Indomptable, le goût se cabre, s'élance, se retire, revient en force. Nous dénichons un peu partout sur nos corps des saveurs d'étable. Mellification, ruissellement, morsures qui appellent l'assouvissement. Un levain nous gonfle. Princier, mon sexe est accueilli. Elle me prend davantage que je ne la prends. Je ne sais pas quelle musique on suit mais on la suit. Je m'émancipe, franchis des limites, fracasse des malentendus, j'éclate en Elle. Sa mélopée endigue mon souffle. Elle y est aussi et le chante. Enfoncé, glissant dans nos sueurs, je respire comme une forge et j'entends son dernier mouvement, sa finale. Elle jamaïque, péruve, exulte. Oblique, son regard sème la tendresse. Victoire ! Nous sommes renouvelés, apaisés, encore une fois venus au monde.

Une tranquillité opportune s'installe. La lune, qui est en chaleur elle aussi et qui connaît de rares assouvissements, nous jalouse. Lactée, voilée, elle fait sa nuit. Ça brille dehors comme si les constellations reposaient sur la neige.

Je la relèche, regoûte son ventre opalisé. L'engourdissement qui suit ressemble à l'approche du sommeil. Nous y laisser aller serait simple, facile, irait de soi. Naturel. Tout est naturel avec Elle. Avec moi. Mais on ne peut pas se lasser de regarder la nuit. Elle nous force à nous absenter des questions et des réponses. Les mots qu'on se dit alors sont sans fragilité. Ils découlent du bien-être, ils sont assouvis, eux aussi. Naturels, comme je vous disais. Sa main sur moi se promène en adoucissant.

— Fallait vraiment que je te trouve. Avant toi, c'était... mettons laborieux. Je me préoccupais de faire jouir. Ça marchait rarement. Ou alors, ça n'éveillait rien d'autre que mon milieu du corps. J'étais jamais là, tout entier. Avec toi...
— Avec moi ?...
— J't'aime. Toute la différence doit être là.
— J't'aime profondément.

Elle a de ces mots ! Profondément. Elle dit ça en appuyant sur les syllabes. Comme pour que je croie aux racines neuves, fortes, nourrissantes. Puis, Elle songe à s'endormir et je songe à l'accompagner là également. Je la suivrais partout, ma foi.

* * *

Fait froid. Fait humide. Fait traîtreusement doux pour la saison. Mesquinement, l'hiver paraît sur sa fin. Hypocrisie. Répit mouillé. Trève languissante. Elle coud, j'écris. L'ordre des choses. Tranquillement. Doucement, le temps passe et nous laisse la paix. Les tourments, ce sera pour plus tard. On les aime, les tourments. Les cataclysmes. Sans eux, il manque une saveur sauvage, âcre à nos vies. Non ? Par temps paisible, difficile d'être animé, affairé, actif. Feutré, le jour le jour perd son charme. Faut combattre, cogner, poser des objections pour sentir la vie valoir son poids.

N'empêche que, depuis Elle, il me semble que je sais moins résister au foisonnement doux de l'ordinaire. Pas un poisson dans l'eau encore mais disons, un élève doué, studieux, attentif. La moindre parcelle de suavité me pénètre. Toucher, insister un peu plus longtemps, observer, me détendre. Elle m'apprend et pourtant ne prêche pas. Elle irradie. Et puis, faut dire que j'étais dû. Je me suis hâté, dépêché, fait violence longtemps. Et je recommencerai. J'ai encore hâte de vieillir. Moi aussi, je veux que ça marche. Je désire qu'il y ait un résultat, une finalité, un aboutissement. Mes assouvissements veulent des désirs neufs, des invitations. Alternativement, je suis yin et yang, noir et blanc et en couleurs, comme tout un chacun. Mais m'arrêter un moment avec Elle me fait chanceler dans l'héroïsme. Douter de mes ferveurs issues de l'inquiétude, comme dirait Shakespeare. De mes combats inféconds, ingrats. De mes buts et bruits grandiloquents. De mes espoirs embrouillés. Bref, accepter que le bonheur soit sobre et simple. Qu'il soit une respiration aisée, lente et profonde.

La chair n'est pas triste du tout et je n'ai pas lu tous les livres. Et je n'ai pas encore d'enfants et ils me manquent. Et je ne connais pas le fonctionnement admirable d'un tas de choses naturelles. Et je ne m'en vante pas. Et j'aime encore apprendre et prendre plaisir à fouiller, chercher, trouver. Elle en sait plus long que moi sur le touffu de l'existence. Elle en vit. En mange, en boit, en jouit. Je me sens souvent épais, jésuité par mes apprentissages. J'ai souvent envie de manger dans sa main. De lui faire confiance. De croire en Elle sans autres preuves. En quelque sorte, je ne me reconnais plus et ça fait mon affaire. Fait plus chaud alors et plus clair. Pas compliqué pour cinq sous ! Le cheval galope, la neige neige et les poumons respirent. Endurer d'être serré dans son froc, misérable dans ses gestes et précipité dans ses foulées, suffit ! « Ne nourrissez pas les artistes ! » Je dis cela à Elle qui me tend des olives pendant que je vous parle. Elle rit et tout brille ici-dedans. Et ça marche comme ça depuis un bon moment. De quoi refuser définitivement de s'agiter, de vouloir faire toujours plus, toujours mieux.

Elle parle au téléphone. Elle est du genre qui aime encore ses parents. Elle leur dit la vérité. Ce qu'Elle est, ce qu'Elle pense, sent, fabrique. Déconcertant, hein ? Et quand Elle rit avec sa mère, je suis jaloux, oui, mais principalement ravi, ébloui, conquis. Même si Elle a sur la tête un turban qui lui déforme le port de crinière. C'est qu'Elle était à se laver la tête quand le téléphone a sonné. Son sourire entre en moi comme dans un moulin. C'est fou, hein ?

Nous allons manger. Cuisiner. Artisanalement fabriquer un repas. De première importance. Souplement, nous nous ferons du bien encore une fois. Un autre jour de gagné sur les autres. Si ça continue comme ça, je vais parvenir à trouver ma place. Elle supplante toutes mes anciennes détresses. Les déracine. Sans rien tenter. Tente-t-on quand on est heureux ? Quand on est toujours en friche, en chemin, en construction, on ne s'acharne pas à faire des efforts en direction des vieux malheurs. On ne fait attention qu'à la continuité, qu'à l'élaboration, qu'au beau temps. Non ?

* * *

Je vous étonne avec mes passages clairs et mes passages furieux ? C'est que j'y suis et que je décide tranquillement d'y rester. Vous savez, ce n'est pas facile de faire comme si de rien n'était. Rien est et parfois Rien vient faire son tour et souvent Rien laisse des traces qui sentent le soufre, non ?

Nonobstant les massacres et les scalps de rien, je vais vers Elle comme on va à son paysage, à sa place. Les paupières vibratiles et le coeur qui suit un rythme différent, inusité, entraînant.

45

Dans une de ses chansons, Gilles Vigneault dit : *Tu vas voir qu'à l'eau douce, on finit par dessaler.* Faut croire que je dessale.

* * *

La journée commence mystérieusement. Le brouillard a envahi les rues. Des nuages inusités. La ville baigne dans un lait translucide. Étrange hiver, décidément. Ça donne envie de faire des choses bizarres, dont on n'a pas l'habitude. S'aimer en se faisant un peu mal, aller marcher dans l'atmosphère trouble, écrire un conte ahurissant, je ne sais pas. Bref, c'est un matin qui stimule mon imagination, ordinairement peu active au réveil. Un de ces matins pour lesquels on n'est pas nés et qui nous déguise ses desseins. Christophe Colomb, quand il a pris son absurde décision d'aller trouver les Indes dans l'infini de la mer et de son rêve, a dû se réveiller dans une semblable aube-torpeur. Des guerres peut-être se sont abruptement terminées par un début de jour pareil, laissant des champs couverts de corps agonisants. Absurde, insolite, hitchcockien. Mon cousin Laurent a dû naître un matin comme celui-ci. Lui, petit bébé innocent et dodu que le sorcier du village a auréolé d'un sort. Il s'est suicidé à l'âge de douze ans, démasquant l'hypocrisie de la famille en s'étranglant avec un torchon propre de la lessive de ma tante Laura qui séchait au grand vent. Comme quoi il ne faut pas laver son linge sale en famille.

Et si le soleil vient à luire, à percer cette brume qui nous cache les repères habituels, nous reprendrons nos besoins de durer, de persévérer, de nous prolonger. Vite rassurés par la clarté qu'on connaît et qui nous guide, nous oriente. Quitte à nous ennuyer du brouillard, du mystère et des contes bizarres. Ne nous contenterons-nous jamais de notre propre étrangeté ? Quel est-il donc ce manque ressenti comme un besoin ? Ce manque de passion, de rêve, de tourment, comme je vous disais. Quand le tourment ne vient plus tourmenter, quand les rêves ont goût de cendre et de déjà rêvé et qu'il ne reste plus que le travail de devenir, de changer, d'accomplir la paix et le bonheur, le nôtre et celui de ceux qu'on aime, quel est-il donc ce fond de nous-mêmes qui nous pousse à penser des pensées aussi radicales que celles-ci : pourquoi suis-je né, d'où est-ce que je viens, où vais-je ? La philosophie, la quête de la sagesse. Les questions ultimes ne seraient-elles que de brillants aveux d'impuissance ? Des cris de détresse face à une réalité voilée par un brouillard matinal qui ne dissimule pourtant aucun mystère, puisque déjà le soleil revient et qu'apparaît la ville dans sa plus simple et plus laide expression ?

Fin de mes élucubrations socratiques. Elle dort encore. Je la regarde et mes morosités vont folâtrer plus loin. Son beau dos blond est invitant comme une plage. J'y abandonne mes voiliers, j'y naufrage : je la caresse. Son sommeil est léger comme tout, alors je fais ça très doucement, avec velours et soie. Quand ça se passe trop vite et trop mal dans ma tête, je n'ai qu'à sentir, toucher, m'étonner. M'étendre à côté d'Elle. Par osmose, sa chaleur entre en moi de son plein gré. Je m'y soumets. Je dépose un peu partout sur son cou des baisers délicats comme des ailes de libellule. Elle bouge légèrement la tête en murmurant quelque chose d'imprécis et de tendre. Je sens que ses cellules passent un bon moment. Sans trop insister, j'insiste un peu quand même. Histoire qu'Elle participe légèrement. Quelques mésanges, dans l'arbre en face, me prêtent leur appui. Insidieusement, nous finassons pour égoïstement l'avoir à nous, présente, chaude, réveillée.

— Quelle heure est-il ?
— L'heure de te laisser faire.
— Hum !... C'est chaud.
— Ça fait une heure que je réchauffe ça !
— Couche-toi sur moi !

— Figure-toi que c'est ce qui me passait justement par la tête.

— T'as les idées claires ce matin, toi !

— Comme de l'eau de roche. Es-tu bien ?

— Tu le demandes ?

— Sait-on jamais ? À force de tant me nourrir de toi, je dois être lourd.

— Des fardeaux comme toi, j'en prendrais des caisses.

— As-tu fait de beaux rêves ?

— M'en souviens pas. Ah ! oui, j'ai rêvé que tu me faisais couler du sable dans le dos.

— C'est presque ce que j'ai fait. Moins le sable. Rien qu'avec mes doigts, tu vois, je t'ai inventé la plage et le beau temps.

— Encore !

— Ferme les yeux et re-dors !...

Bien sûr, ça marche moins bien que la première fois. Mais qu'importe ! À plage donnée, on ne regarde pas la douceur du sable.

* * *

Vous êtes encore là ? Étrangement perspicaces pour des gens occupés et sérieux ! Remarquez que je vous comprends. On a tellement besoin de distractions. Se faire du mauvais sang est commun à tous les mortels. À l'impossible, on est tous tenus et pourtant on paresse, on parle au téléphone, on change le disque, on dessert la table, etc. La routine, quoi. Le bon vieux train-train. C'est très fatigant d'avoir perdu confiance, hein ? Ne désespérez pas, il y aura toujours les vacances et l'ensoleillement des petites réussites. Ça part, ça revient et quelquefois, ça reste un petit bout de temps. On se sent si seul par moments qu'on a presque le goût de s'en aller, n'est-ce pas ? N'importe où. De suivre le premier ou la première venus, n'importe qui de plus lumineux et de moins lâche que soi. Pour oublier, une petite éternité, qu'on est écorché, abîmé, défait. Vous me trouvez noir, pesant, désemparé ? Mais non. Je suis détraqué tout simplement et je vous dévisage. C'est provisoire, ne soyez pas intimidés. Je n'abuserai pas. Après tout, je vous connais peu et mal. Rien ne me permet d'être aussi vindicatif, au fond. C'est l'exaspération qui fait ça. Je vous le dis, ça va passer. Ça passe tout le temps. Même si ça laisse parfois des traces, il ne faut pas être péjoratif et s'enfiévrer. Se défouler un peu et puis reprendre où on l'avait laissée, sa route. Alerte, allègre, allégé.

Vous me sous-estimez si vous me croyez à l'abri du désarroi, de la dislocation. Je fus aussi mal élevé que la plupart d'entre vous, vous en faites pas. « Le bonheur est dans les prés, cours-y vite, cours-y vite, le bonheur est dans les prés, cours-y vite !... il a filé. » La Bête qui dit à la Belle : « Belle, vous ne vous ennuyez pas trop ? » Et la Belle qui répond : « Pas au point de vous regarder avec tendresse. Tant de belles choses encore ravissent mes yeux. » Je n'invente rien, c'est des vieilles histoires. L'inadéquation des amours, l'absence de justice dans le grand univers, l'inflation, la misogynie, l'impatience, je vous le dis, je n'invente rien. C'est là. Quelquefois, on le voit et ça nous rend démentiel pour quelques secondes. On déraille, on est démanché, on sent une cruauté tapie quelque part. Tout ça parce qu'Elle et moi, on s'est chicanés, fait du mal, avec démesure. Un rien me démantibule. Des gros mots. On s'est dit des choses. On a élevé la voix. On s'est permis ça et je suis triste, voire même désespéré. Gâcher quelque chose, même un moment, m'a toujours exagérément abattu. Il en est ainsi. Suis-je spécial ? Suis-je un brin hystérique dans mes exigences de chaleur humaine ? Suis-je chimérique ? Il est certain que lorsqu'on prétend, comme moi, que l'euphorie est un état naturel, qu'il va de soi que tout aille bien, on tombe de haut quand un orage pointe le bout du nez. C'est fatal. Chose sûre, je ne mérite pas de médaille, ni Elle non plus. Et puis, pour une niaiserie. On n'est pas original quand on veut.

Une histoire de coquerelles. Vous savez ces longs insectes envahissants ? Eh bien ! il y en a chez moi. L'une d'elles a traversé notre champ de vision et Elle est devenue toute blême et toute malheureuse, hystérique.

— Je ne resterai pas ici une minute de plus !

— Va donc coucher à l'hôtel Nelson ! Franchement, si une coquerelle te met dans cet état ! Elle est inoffensive et elle est seule. C'est maniaque, cette peur des bibites. Merde ! Hostie !

— Même si on déménage, on risque de les transporter avec nous. C'est terriblement vivace ces insectes-là ! Tu te rends pas compte !...

— Je me rends tout simplement compte que tu tempêtes pour un rien. Inouï, stupide, désagréable !

— Ah là, vraiment, t'en fais trop ! C'est toi qui tempêtes et sur un temps rare ! Regarde-toi ! T'es violet ! C'est triste !

Tout vous dire sur cet accrochage, ces bâtons trop élevés, serait insane et gnangnan. Aussi infantile que de l'avoir vécu. Apercevez-vous l'ignominie ? Vous saute-t-elle au visage ? La coquerelle vous court-elle sur la peau du ventre ? Désopilant, hein ? Un ange passe. Un ange noir et échevelé, ahuri. Il piétine et mutile l'air. Quand on se touche après, l'électricité nous donne des chocs. Deux blocs monolithiques se taisent et attendent que ça passe. On a l'air fins. Il y a vraiment des fois où la parole nous est donnée pour faire pire qu'avec le reste.

On a le coeur râpé, à vif. Faut renouer, faut abandonner le combat qui cessera peut-être, faute de combattants. Regagner la clairière. Comment ? Aucune idée. Verser d'abord un peu de chartreuse dans son verre. Sourire, même béatement. Je verserais bien aussi quelques larmes mais j'ai peur d'ainsi donner trop d'importance à l'insecte maudit. Elles pétilleraient comme du peroxyde sur une coupure. La faire rire ? J'ai bien envie d'essayer. Ce sera toujours ça de pris.

— Je connais une coquerelle qui doit être fière d'elle. À l'heure qu'il est, je suis sûr qu'elle se tord de rire alors que toi et moi... Elle nous a eus, l'incongrue !

Dire qu'Elle s'esclaffe, pouffe, non. Mettons que légèrement Elle retrousse les babines et esquisse un sourire approximatif mais tout de même avenant. Pourvu qu'il soit avant-coureur, qu'Elle y donne suite, qu'Elle le pousse un peu plus loin, ce sourire. Sinon, je suis bon pour aller dormir sur un petit pois qui m'empêchera de rêver. Comme chacun, on n'a pas encore choisi où, quand, comment être dieu !

Moi, j'en ai par-dessus le train et l'arrière-train de ma condition masculine et de sa condition féminine. C'est qu'on ne peut plus aller nulle part sans qu'il en soit question. Miséricorde ! Paix ! Enfin, j'ai beau m'égosiller, me taire, tout essayer, rien n'y fait. Il est toujours et de plus en plus évident que vous êtes ou *macho* ou *féministe*. Qu'entre ces deux pôles également polaires, vertigineux, il n'y a pas d'air respirable, pas de randonnées possibles sans menace d'abîmes. Nos sexes sont en bataille dans toutes les vitrines des librairies, sur tous les grands écrans en couleurs, dans tous les journaux. On veut nous séparer définitivement, mon amour. On nous dresse l'un contre l'autre, l'un contre l'une, l'une contre l'un, avec l'alibi dérisoire de la liberté qui traîne avec elle son cortège d'humiliations et d'injustices. Faut se reconnaître dans chaque violateur, sentir dans son tréfonds des racines pourries qu'on ne possède pas forcément, s'aliéner avec désinvolture devant LE PROBLÈME. Plus vous êtes en faveur de l'amour, plus vous faites le dégénéré par les temps qui courent. Crevant. Comme si l'inégalité, la dépendance, toute la morbidité de l'inadéquation entre mâles et femelles provenait de notre centre chaud. Déchiré par le pouvoir, on se rabat sur l'amour. Écor-

51

ché par des lois mal foutues, on s'en prend à la tendresse, en déclarant de façon tonitruante qu'elle n'est plus vivable qu'en s'égarant, s'oubliant, se trahissant. Jolie échancrure pratiquée à même nos chairs. Nos épidermes sont pourtant doux et naturellement faits pour s'entendre. Ardeur, attachement, flamme, inclination, passion, penchant, sentiment, ce sont les synonymes que le Larousse donne du mot amour. Je ne vois rien dans cette définition en spirale qui puisse laisser supposer la lutte, la misère, l'incommunicabilité, la détresse. Si déconfiture il y a, faut chercher un autre mot dans le dictionnaire. Regardons, par exemple, le mot haine. On donne comme synonymes : animosité, antipathie, hostilité, ressentiment. Ne reconnaissez-vous pas là quelque chose ? N'en reconnaissez-vous pas quelques-uns ? En fait, tous ceux-là qui manifestent outrageusement contre l'extravagance des hommes et des femmes qui se risquent à aimer encore et contre tout ? Mon point de vue est tordu, dites-vous ? Ne soyez pas trop intolérants. J'essaie de voir. Je ne sais pas argumenter. Ce n'est pas que je sois mal renseigné. C'est que je ne saisis vraiment pas comment, en dehors de l'amour, on peut parler de l'amour. Négociez tant que vous voudrez vos droits et privilèges, si vous aimez vraiment, faudra tout reprendre ça à la base, au fond, de fond en comble, pour mieux dire. Et là, vous êtes coincé, mal ajusté, dans une sorte de paix armée qui use, épuise, vide. Franchement, si ce n'est pas l'amour que je ressens pour Elle qui me fera changer mes visions d'Elles, ce ne sera sûrement pas l'intransigeance féroce et désincarnée des Elles et des Ils que l'absence d'amour surit, aigrit, rend malade jusqu'à l'agression, qui le fera ? Il n'y a pas de désespoir de cause. Il y a simplement des désespérés qui sautent sur la cause, posent des bombes, sonnent l'alarme et vocifèrent avec des mots et des images irréversiblement tuméfiantes. Voyez-vous, je ne sais reconnaître mes torts que lorsque je suis concerné. Honnêtement, faut que j'y sois, que je m'y mette, qu'on m'y mette. Autrement, je m'agite, je peux placer mon mot mais je n'agis pas vraiment. Tout se passe beaucoup trop dans la tête et dans les principes. Dans les faits, il y a ceux et celles qui se débattent parce qu'ils ou elles sont dedans et tous les autres qui psalmodient parce qu'ils n'arrivent pas à sentir comment parvenir à être dedans, qui ne font que nuire, retarder, mettre des mots et des bâtons dans les roues. Ainsi, par exemple, j'avais toutes sortes de belles et pas belles idées sur la gynécologie. J'en avais entendu parler, je ne peux pas vous dire combien de fois ni de combien de manières. Eh bien ! je l'ai accompagnée hier soir chez le gynéco. L'effet que ça m'a fait fut aussi imprévisible que bouleversant. Quand le docteur-machin est entré en Elle avec son machin de plastique et qu'il l'a ouverte et vulnérabilisée devant moi qui regardais avec la belle impuissance de circonstance, j'ai compris. J'ai compris d'abord que j'aimais Elle de façon déchirante et que l'humiliation qu'Elle subissait, déchirait aussi quelque chose en moi. Et me voilà prêt à ressentir quelque chose maintenant en face d'une femme qui doit consulter ces zigs-là. Ma sympathie et ma compréhension nouvelles proviennent du fait que j'y étais, que j'en étais. J'étais dedans. J'étais avec Elle comme jamais et l'illumination s'est faite sur ce sujet qui demeurait horriblement abstrait et qui n'appelait chez moi qu'une attention aussi stérile que particulière et abstraite elle aussi. Mon point de vue se détord-il un peu ? A vos yeux, suis-je un drôle de mec ou bien constatez-vous avec moi comment, presque mathématiquement, l'amour peut changer le monde et l'intolérance, l'empirer ?

J'en jase un coup, hein ? C'est que, comme disait mon père, j'ai été vacciné avec une aiguille de gramophone. N'empêche que j'y repense à cette séance chez le gynéco comme à une brisure, un décloisonnement, un voile ôté. Une chance, en fait. Ça m'a agrandi le secteur cervical destiné à engendrer la compréhension. Ce fut magique, quoi. Et Elle ne s'est plus sentie effroyablement seule dans cette position navrante et triste. Des rayons de tendresse pure circulaient entre Elle et moi. Une complicité certaine et désaliénante.

Une avalanche de préjugés est tombée, elle est venue enterrer tout à coup la peur et la solitude. L'expérience amène des gestes utiles, de façon tellement plus efficace et animée que la culture. Vous ne trouvez pas ?

* * *

Ça sent fort mais bon. Le foin sec, la moulée, le grain, l'odeur des bêtes. On est dans l'étable, Elle et moi, et on aide Marie-Jeanne à *faire son train*. Marie-Jeanne est fermière et comédienne. Ce qui lui donne des allures authentiquement sympathiques. Belle grande déesse fauve elle va et vient parmi ses poules, ses canards et ses lapins. Nous, on la suit, sur sa foulée, qu'elle a large et assurée. Anatole, son canard préféré, au caractère doux et douteux, me picore les genoux, sans arrière-pensée, mais vigoureusement. « Vous avez chié terrible, mes v'limeux ! »

Marie-Jeanne s'exprime très librement et très claire-ment. Avec éclat et avec son accent du Lac St-Jean qu'elle a gardé. Ça nous fait rire, Elle et moi, malgré que j'y sois accoutumé depuis belle lurette. La crinière rousse de Marie-Jeanne brille dans la lumière éclaboussante de la grange. Ma Elle à moi resplendit aussi car cette lumière, comme toutes les lumières, lui va, lui convient, lui est natu-relle. Les trois chiens, Ulysse, Brouillard et Belle-de-nuit, reniflent nos bas de pantalons avec des airs de connaisseurs. Leur regard nous est respectueux. Je crois qu'ils nous don-nent la permission de séjourner sur leur territoire un petit moment. La chatte, qui se nomme Minoune parce que, com-me dit Marie-Jeanne, elle a horreur des originaux, fait son numéro le plus éblouissant sur les poutres. Impeccablement à l'aise et voltigeuse par-dessus le marché, Minoune semble fière et très consciente de la fascination qu'elle exerce sur nous. Minoune se nourrit de mulots et semble en vivre très bien. Un des canards est sauvage. Une migration l'a détourné par ici et il est resté. Il a préféré la sécurité. Un canard pantouflard, quoi ! Il y a bien des perroquets d'appartement, pourquoi pas alors des canards sauvages d'étable ? Au moins, celui-là ne craint pas les loups. Ses ailes fonctionnent encore bien et le protègent. Fainéante de tempérament, la grosse cane couve un oeuf qui n'éclôt jamais car Marie-Jeanne le lui retire tous les matins. Il n'y a rien comme des oeufs de cane, paraît-il. Fait tiède ici-dedans. On a envie d'y rester. De se lancer de toutes ses forces dans le foin odorant. D'y faire l'amour, toutes narines ouvertes.

De grands morceaux de nos enfances odorantes respectives, à Elle et à moi, nous remontent à la surface. C'est inévitable. Quand on est heureux d'un bonheur émouvant, on redevient champêtres et juvéniles. Marie-Jeanne rit beaucoup de moi qui ai perdu pas mal de mes habitudes campagnardes de ti-cul. N'empêche que je me débrouille très bien avec mes sentiments. En effet, je suis content et primesautier. Printanier, et plein de cette sensualité spéciale qui me parcourt tout le corps au contact de l'univers agricole qui est toujours en chaleur. De la sève, du sang chaud court à l'intérieur de tout. Mon lyrisme amuse beaucoup Marie-Jeanne. Elle en est sans doute un peu revenue. On revient de tout. Marie-Jeanne est habituée maintenant aux gloussements de ses poules et canards et à la tiédeur larvaire de ses bâtiments. Quoi qu'il en soit, moi, quand je veux exulter, rien ne se met dans mes pattes : j'exulte. Riez en choeur si vous voulez. Mon plaisir est inattaquable, serein, à l'abri des sarcasmes.

Ulysse m'accompagne au bout du champ pendant que Elle et Marie-Jeanne vont à leur guise parler de moi, en s'ouvrant leur coeur près du feu du foyer, dans la maison. Que peuvent-elles bien mijoter ? Elles ont, entre elles, des regards moqueurs qui me concernent. Vraiment, *je souscris à mon niaiseux*, comme dit mon ami Michel.

J'enfonce à chaque pas dans une neige de sel mais je continue. Ulysse est beaucoup plus habile que moi et plus élégant. Il saute et alternativement disparaît et resurgit, entre les petites dunes de neige. Les grandes herbes qui furent laissées seules quand la glace a tout figé, saluent, s'inclinent et font des signes auxquels je tâche de répondre sans les comprendre. On ne peut pas toujours tout saisir, tout entendre, tout pénétrer, hein ? Le soleil sur la blancheur s'étale, flambe, aveugle. L'air est si sec et si froid qu'il me casserait si je n'avais ce sang ardent qui circule à toute allure, au rythme de mes enjambées. Je force, chancelle, m'entête et avance. Un coureur des bois réapparaît dans mes gestes saccadés, anciens, reconnus. Dérouillé, j'y arrive avec plus de fermeté. Après un moment, mes mouvements deviennent machinaux, aisés. Ils me portent, contiennent ma force et ma joie. Ulysse en profite pour me mettre à l'épreuve. Il court devant moi et m'invite à le suivre à fond de train. Il est peut-être mieux huilé que moi mais il ne m'aura pas. Je souffle comme une vieille *pompe-à-steam*. L'oeil d'Ulysse est moqueur et provocant. « T'es pas capable ! T'es pas capable ! » Il va bien voir. Fou, frôlant la syncope, je cours dans la neige. Mon sang est joyeux et me chante des cantiques à l'oreille. Délicieusement, une bonne panique m'envahit, me fouette. Je relève le défi, vieux de plusieurs milliers d'années. Je suis une version moderne et essoufflée du pionnier endurant et intrépide. Marathonien des neiges éternelles, je suis seul et violent, je suis un enfant éperdu puis un vieillard éreinté... Puis je ne suis plus rien qu'un paquet de guenilles qui souffle, tombé de tout mon long dans la neige. Avec un Ulysse triomphant pardessus moi. Je ris et mon rire est maniaque, insensé, braque. Non, je ne me relèverai pas tout de suite. Je vais regarder le ciel, et sa vastitude vertigineuse viendra calmer le bouillonnement dans mes veines. Foudroyant ce bonheur maboul qui m'a sauté dessus !

— C'est vrai, on te reconnaît plus. Je sais pas... Tu te

rapproches de toi-même, je dirais. Regarde-toi. Ton regard a changé. Je suis sûre que t'es en train de muer. Profondément. D'ailleurs, le fait que pour une fois t'aimes une femme, disons, sans artifices, naturelle, un être humain femelle pur...

— Arrête, tu me donnes des frissons effrayants !

— Marie-Jeanne a raison, tu sais...

Mettons. Sans doute ai-je été malheureux déjà au point de m'inventer des chemins qui, pour être exotiques, n'en étaient pas moins ambigus et désolants. Des détours. Des flammes que je croyais faciles et qui m'ont brûlé des plumes, des rêves, une pureté peut-être. Disons que ma façon d'être intact a changé. Ce que Marie-Jeanne dit m'entre par une oreille et ne me sort pas par l'autre. C'est bien ce qui me fatigue et me donne cet air absent, désamorcé, démuni. Malgré que je souris, que je voudrais que les mots essuient, nettoient, décrassent, rendent présent et lumineux mon besoin de changer, je vous le dis à vous : c'est exact, je suis en train de changer et j'ai peur. Tant de choses, de nouveautés successives, auxquelles je me suis habitué ! Je crains d'être irraisonnable, de manquer de souplesse, de devenir irritable. Ouais ! C'est dur d'accepter qu'on vous voie ainsi aller et revenir, vous débattre et résister, changer. Sous leurs yeux, ma métamorphose s'opère. Mes amis proches, les seuls, ceux qui ne jugent ni n'exigent plus rien d'autre que ma fidélité, à moi-même d'abord, me déclarent des choses ardues ces temps-ci et avec une désinvolture qui ressemble à de l'ironie. Je suis, de toute évidence, le dernier à me rendre compte de tout. De mes creux et de mes pleins. De ce que ça représente tout ça. Je me suis toujours cru si subtil, tout en nuances, charmant. Est-ce que j'y tiens ? À mes phantasmes, à mes défenses, à ce séduisant silence dans lequel je me drapais, généreux, innocent et incompris ? Aurais-je effectivement trop couché, trop soupiré, trop été voir ? Les aventures auraient-elles fermé les portes de la Grande Aventure ? Ou tout au moins m'en auraient-elles rendu l'accès difficile ? Aurais-je la spontanéité moins franche, moins vraie ? Que me veut-on ? Qui diable me cherche noise et pourquoi ? Je fus toujours gentil, avenant ! J'insiste ! Je fus même zélé. Je n'ai fait du mal qu'à des gens qui couraient après ! Je ne veux pas faire l'obtus mais merde ! Entre vous et moi, elles m'en demandent beaucoup. Trop ! Aimez-les et elles vous rentrent dedans. Et avec votre vin et vos cigarettes. Là, je l'admets, je suis retors. Bon ! C'est qu'il faut bien un peu prendre contenance.

— Marie-Jeanne, dis-moi, toi qui as les mains rudes à force de te coltailler avec les choses naturelles, crois-tu vraiment que je le désire pas le nouveau ? Le beau spécimen de gars qui peut sortir de moi ? Vous me... Vous me...

Qu'est-ce qu'elles me ? Eh bien elles me ! Elles me mettent en face de me. De moi. Elles me ! Elles me forcent l'entrée de secours, me prennent au dépourvu, me veulent sans doute du bien ? Qu'est-ce qu'il ne faut pas entendre et écouter, attentivement ! Elles me ! Décidément : elles me ! Elles m'ont. Elles savent, comme moi je sais, mais elles disent, parlent, elles ressassent les entêtements, les statu quo, les inadéquations.

Je sens que je devrais être content mais je suis anxieux, je recule, je ne sais plus. Je n'ai plus de mythe. Je vais décevoir, c'est comme rien. Comment vais-je affronter mes conditionnements, s'il faut que je me dépouille de tout : de mon orgueil, de ma suave irresponsabilité, de mon auréole de papier mâché ?

Marie-Jeanne sourit de ses deux lèvres irrésistibles. Elle me regarde, l'air de dire : « Tu sais, je ne suis pas la seule, tous tes amis te le diront. » Je devrais crier de bonheur de me savoir ainsi à l'écart enfin des facéties collégiennes, de l'obsession, de la virilité scoute, si la vie vous intéresse ? Oui, oui. Je veux bien essayer. Je veux bien, mais aidez-nous !

Aidez-moi et ne me faites pas le coup qu'on vous a fait : celui d'abuser d'un pouvoir. On l'a fait, on ne nous le fera pas. C'est bête, hein ? C'est fou surtout d'avoir la frousse mais elle me colle au poil des jambes.

— Voyons donc ! Tu sais bien que t'es rendu là, c'est tout ! Comme beaucoup d'autres gars. Comme beaucoup de femmes aussi. Laisse tomber tes images, ta belle erre d'aller, tout ce qui t'encage dans ta solitude, tout autant que la peur nous encageait, nous autres, dans nos cuisines. T'es mal à l'aise là-dedans comme un curé, hostie ! Du moins tu l'étais, parce que là...
— Parce que là, quoi ?

Parce que là, quoi ? Dites-moi ? Vraiment, les filles, si vous continuez à faire les énigmatiques décontractées, les maîtresses d'école qui nous gardent après la classe, les *boss de bécosses*, moi, je... Moi, je ? Moi, je ? Moi, je... je...

— Bon ! O.K. ! M'excuse ! Je fanfaronne. Je dois être fatigué. C'est ta campagne qui me donne mal à la tête, Marie-Jeanne !

Elles se font des signes. Elles ont marqué un point. Un point d'exclamation !

* * *

Il y a quelque chose que j'ai du mal, de la misère à comprendre. On a de la commisération pour moi ces temps-ci. Il semblerait que je sois en plein décrottage. Je me dépouille, je fais mon ménage du printemps avant le temps. Je n'ai plus une femme dans ma vie. Je suis dans la vie d'une femme et elle est dans la mienne. La nuance est assez importante pour que j'y découvre mon manque d'instruction et que du même coup, je me mette à prendre garde. Holà ! Attention ! Voilà mon *cri primal*, si loin se cache-t-il parmi les décombres. Je suis sur une corde raide et usée. J'y fais des pirouettes, qui n'éblouissent plus. Elles déçoivent. Fréquemment, je suis amené à ronger mon frein. *Palabres* et *sparages* n'y peuvent plus grand-chose. Je suis repoussé à l'orée de ma légende et mes petits génies, mes feux follets, ont leur sac vide de tours et de séductions. Je ne peux plus et je n'ai plus envie de me cacher. Donc, je suis là, bien à découvert et pelotonné dans la chaleur de mon dernier recours : ma solitude. Marie-Jeanne et Elle ont accepté que je m'isole ici, dans la petite chambre d'amis, sous les combles. Pour préparer mon dévoilement, me faut un conseil privé, que je tiens en ce moment avec moi-même et mes idées. C'est toute une clameur qui monte à l'assaut de mon for intérieur. Pourvu que je ne fasse pas la connerie célèbre de Dollard des Ormeaux : lancer mon baril de poudre avec un trop mol élan et le recevoir sur la ciboulette. Car j'ai bien envie de faire de la violence, du saccage, de la mutinerie. Et le pire c'est que je veux me battre, me faire mal. J'y tiens. Je suis vraiment trop absurde, trop hétérogène, trop oecuménique aussi. Trop stoïque, trop hermétique, trop beau parleur. Ferme-la et on te laissera en paix dans ton mutisme. De tradition loquace, fallait que tu parles, que tu prennes le plancher, que tu fasses des simagrées. Alors, on t'a pris au mot, au piège. Au fond, ça ne t'étonne pas : tu t'engageais pieds et poings déliés et innocents sur la piste de la compromission. Et maintenant il y a du portage à faire, un ravin à traverser, et tu rêves, très nostalgique, à la merveilleuse fatalité-oasis du départ ! Le coup de foudre ! Chronique, inévitable, évident. Bon ! De flegmatique, je passe à angoissé. La transition s'opère dans le plus grand calme. Ce qui veut dire qu'il y a tempête. Flancher, perdre contenance, avouer ma congestion qui vire à l'apoplexie ? JAMAIS !

Chaos, tohu-bohu, trouble, confusion, ils sont tous là

les agents provocateurs. L'arme au poing, larme à l'oeil. Conjurants, suppliants, mièvres et chatoyants. Si le chapeau te fait, chaussure à ton pied, pierre qui roule et la caravane passe, possession, vanité, peur de perdre, alouette ! Décidément, Elle est là, derrière tout ça, derrière moi. Elle ne pousse pas mais Elle stimule, chauffe, anime. Je la bois et je la mange mais je ne la digère pas toute. Je la respire et quelquefois je m'étouffe. Je la touche et il m'arrive de me brûler. Je l'évite et ça m'affole car je la cherche partout. Si je la trouve, Elle me perd. Alors, je la poursuis. Je veux lui faire l'amour et c'est Elle qui me le fait. Je suis effusion et Elle est infusion et vice versa. Si je murmure, Elle n'entend pas et si j'élève le ton, Elle me méprend. Si je ris, c'est d'Elle et si Elle rit, c'est de moi et ça, ça nous insulte délicieusement. Alors, nous sommes dans l'affection, dans le faste et la grande générosité. Dans l'écume de la vague nous sommes portés, transportés, facilement consentants. Heureux. Mais il y a le ressac et le pied qu'on a pas marin tous les matins. Et alors, c'est le roulage et le tanguis. C'est la haute mer et l'absence d'horizon à cause de la violence de l'eau. C'est là que je m'endors et rêve pendant qu'Elle organise et déploie. Je ne suis pas neuf dans ma complainte. Les intermittences du coeur en ont fait faire à bien d'autres marins de ces chansons dont la profonde nostalgie soulage. Car la psychanalyse de l'eau, très peu pour moi, merci. Je suis un exalté. La détresse m'agrandit les prunelles et restreint mes dérisions. J'en ai trop évité, trop contourné de ces récifs-là. Il s'agit aujourd'hui d'avoir les rames du bon côté du vaisseau. Et l'élan allègre. Et le coeur à ramer. Et la conscience des remous. Et la souplesse pour les manoeuvres dans les cascades. Et d'être prêt à mettre ma chemise au mât si le vent vient à souffler. Et d'y aller par oreille et par instinct quand la carte ne dit plus rien. Et vogue la galère quand les grands courants soulèvent et emportent le vaisseau. Quand ils nous forcent à descendre dans la cale et à conjurer le sort, l'un sur l'autre, convaincus d'avoir la puissance et l'efficacité d'un moteur à toute épreuve.

Je sais bien, au fond, ce que je devrais dire à Elle. Je devrais lui dire : « Écoute, Elle, aide-moi ! Je suis sans allure ni bonnes habitudes dans la tempête. J'ai trop navigué seul. Je crains la rose des vents parce que je l'ai chantée souvent mais je l'ai jamais prise au sérieux. J'ai de réelles difficultés de parcours mais aucune rage ni aucun handicap sérieux. Je peux même être prodigieux dans le malaise et dans les tourbillons parce que tu es là et que tu me donnes des ailes. Et si ce ne sont pas des ailes qu'il faut mais des rames, je battrai l'eau de mes ailes et on avancera bien. Qu'importe qu'il faille aller à tout prix ici et là. Qu'importe les marécages et les courants. Qu'importe les marais et les baies. Je peux, j'en suis sûr, produire du carburant et renouveler la voilure. Aménager le pont en fonction de ta beauté et de mon joyeux empressement. Simplement, AIDE-MOI !... »

*   *   *

Je sens que ça va me prendre du temps à prendre mon temps dans la vie. Je vais trop vite, j'anticipe, je me dépêche ! À toute allure, je sens venir des choses qui ne viennent pas. Pas forcément, en tout cas. Je ne prends pas garde. Je ne m'abstiens pas, ne me préserve pas. Les fluctuations, les circonstances, le hasard me mettent dans tous mes états. Elle est en pleine santé, pleine forme. Elle que j'aime et qui me le rend bien. Elle ne fait pas d'efforts pour m'aimer et je lui en suis infiniment reconnaissant. En effet, tous les efforts ne sont pas de calibre à côté de l'honnêteté. Seulement, j'ai des réflexes. Un certain fanatisme m'a rendu dissipé, fortuit, brusque. Je saute sur les vicissitudes, les entrefaites avec une promptitude excessive. C'est moi le plus volontaire, le plus impatient, le moins en état de grâce, le plus inquiet. Et ça ne passe pas comme ça, avec une bonne dose de bonne conscience et quelques remarques bien placées. Non. C'est que je suis stupéfié aisément. Le bonheur ne chloroforme pas mes errances erronées, mes paradoxes, mes omissions, mes étourderies. Régulièrement, le doute me fait trépigner. Je vois des coïncidences là où, sans doute, il ne peut être question que de mouvements fatals. Et bien sûr l'inverse. Je saisis le sens du destin dans des événements accidentels, aléatoires. J'attache de l'intérêt partout et à la tonne. Alors que tant de circonstances ne sont que des circonstances. Quelquefois déguisées en coups de théâtre mais circonstances tout de même. Je n'ai plus que le souffle, je suis atone et mon appétit est dépravé. Moi, qui croyais avoir beaucoup gagné à tant me mettre au défi, à tant en voir, en tâter. Les bénéfices sont plus rares que les intérêts. Je me retrouve dans un état insolvable. Faut tout revoir les comptes que j'ai faits de mes anciennes ardeurs, de mes vieux jours, qui sont derrière moi et non devant. Mes vieux jours sont passés, ils n'adviendront pas, n'auront plus lieu. Mais ils ont laissé des dépôts calcaires difficiles à décaper. D'ailleurs, il n'est absolument pas garanti qu'en décapant, on retrouverait sous les couches une antiquité authentique. Je dis n'importe quoi. Je ne dis même pas ce qui me passe par la tête mais par les doigts. C'est vous dire mon désarroi. J'essaie d'enrayer le trouble tenace qui me fait des prises de lutte. Ne me dites surtout pas que vous êtes comme moi, le fait d'être plusieurs dans le malheur ne m'a jamais rassuré. Au contraire, ça devient lourd, ça accable, ça dénature le désir d'en sortir.

Donc, seul, je suis à ma merci. *Thanks for being here*. Vous voyez, je me parle. Je me parle parce qu'on est deux. Vous ne trouvez pas qu'on est deux ? Qu'en dedans de chacun il y en a un autre ? Un autre qui se démène pour tout et pour rien, comme s'il n'obtenait jamais la paix ni la satisfaction ? Un ange gardien qui se méfie de celui qu'il est sensé protéger ? J'ai pris un verre, méfiez-vous de mes chansons tristes. Les bleus, vous connaissez ? Les bleus, pour ne pas dire les violets. M'enfin ! Ce n'est pas Elle qui m'a ensorcelé, rassurez-vous. Je sais me faire du mal tout seul. Vous comprenez, j'aime cette fille comme un fou. En fait, je ferais n'importe quoi pour

Elle. Mais allez donc mettre ça comme ça. C'est plus dans les moeurs. C'est plus le genre. C'est difficile, quoi. Merci bien, Marie-Jeanne, pour ton scotch, il m'apaise, même s'il me brûle la gorge. Je vais aller dormir. Ne vous croyez pas obligés de m'écouter tout le temps. je vous en prie. Je ne sais jamais quand m'arrêter. Ça vient du fait que j'ai été vacciné... Mais je vous ai déjà dit tout ça !

* * *

Until tomorrow I'll never fall in love again... Évidemment que c'est la radio. C'est même le poste anglais. Cependant, c'est sans consternation qu'on l'écoute, qu'on la laisse jouer comme si elle était bienvenue. Elle et moi sommes de nouveau à la ville. On a toujours un peu l'impression d'être des réfugiés quand on réintègre ce petit, minuscule appartement. Mais faut dire que la vie est belle tout de même puisque l'amour on le fait et le refait à souhait et à profusion. Sans langueur. Avec empressement et sensations fortes, comme il se doit. Comme il faut. Comme on en a besoin. Mes vertiges demeurent mais ils ont pâli. Comment garderaient-ils leur ardente frigidité sous le soleil d'aujourd'hui ? Il ferait fondre des glaciers de problèmes à lui tout seul. Alors, pas plus qu'un autre je ne résiste à sa thermodynamique. C'est la canicule de nos peaux restées brunes et luisantes. C'est l'été qui se réverbère encore et à tout bout de champ dans chacun de nos gestes parce qu'on a su l'entretenir dans sa plus belle extravagance. Nous sommes beaux et lisses, encore une fois échappés à la peur qui, comme vous le savez, donne des idées biscornues.

Nous irons marcher dans les rues en savourant l'air et l'envol désordonné et frénétique des pigeons. Irons voir un film, prendre un verre. Vivrons ce dimanche comme s'il nous appartenait, comme si, indéniablement, nous avions tout notre temps. Bref, un dimanche faste, doux, sans fiel d'aucune sorte. Même si tout est pire autour, partout. Même si ça ne s'arrange pas nulle part. Même si nous en verrons de toutes les couleurs.

Dans le métro, nous en verrons une bonne, en tout cas. Ils seront trois. Ils auront entre quinze et dix-sept ans. Une fille, deux garçons. Fous de bonheur, excités, librement eux-mêmes. Ils s'embrasseront, se prendront par la taille, par le cou. Ils énerveront beaucoup les autres passagers. Sauf Elle et moi. Nous partagerons leur euphorie, la comprendrons. Les autres passagers, pour la plupart, tiendront à leurs maladies, à leurs écorchures, à rester méfiants. Les autres passagers resteront des passagers. La jeunesse, s'il faut qu'elle s'excite en plus d'exciter, alors, c'est de la provocation. Les autres passagers feront des commentaires acides sur ces trois écervelés désemparants. Elle et moi, on sourira. Elle me mettra la main sur la cuisse et sa main sera chaude et ma cuisse sera chaude. Les autres passagers verront d'un mauvais oeil ces deux adultes qui en feront tout autant, qui prendront trop de place, qui n'accepteront pas l'absence de prodige générale, généralisée. Elle et moi, et les trois ti-culs, on rayonnera tout simplement, sans faire trop attention à nos réputations et à l'amertume des autres passagers. Tout le monde ne peut pas considérer comme usuel, possible, clair, indulgent, le fait de savourer un baiser parmi tant d'autres ! Et au su et à la vue ! Tout le monde ne peut pas considérer que ça aplanit des diffi-cultés. Que ça instruit sur la sollicitude. Que ça adoucit, que ça rend glissant, que ça lubrifie. En tous les cas. Tant qu'on ne nous fera pas subir d'électrochocs pour venir à bout de notre démence, continuons toujours à hanter, à ne pas nous gêner, à désaigrir.

Ensuite, Elle et moi, délicatement blessés, on en dira des choses. On s'exprimera généreusement sur : l'intolérance, l'engourdissement, le doute, la fragilité de la sympathie entre les gens. On palabrera, gonflés de bons sentiments. Ça nous fera un peu mal bien sûr parce que ce sera encore neuf : Elle et moi, nous sommes des nouveaux, des néophytes, des jeunes. Nous ne sommes pas encore fêlés ni raides, ni endurcis. Novices, un peu maniaques, nous percevons avec tendresse. C'est difficile, comme vous devez le savoir, vous aussi. Y a qu'à essayer. Tristement, vous vous apercevrez qu'ils sont plusieurs. Ils insistent, parlent fort, ils sont exaspérés de n'avoir essayé qu'en de rares et pénibles occasions. Vous saurez me le dire. Peut-être même vous diront-ils que ça vous passera, que tout passe, y compris le goût d'y re-croire. Vous en faites pas trop alors ; ils rêvent tout autant que vous mais leurs rêves les mettent dans tous leurs états. Parce qu'ils savent bien que ce ne sont que des rêves. L'idée ne leur viendrait pas de tenter le possible. Ils préfèrent hésiter et se faire des opinions.

Après, Elle et moi nous mangerons dans un restaurant où on ne sera pas trop déplacés. C'est-à-dire un restaurant pas trop cher. Le vin nous fera légèrement pétiller et nous n'y résisterons pas. Peut-être même nos mains sous la table feront-elles des obscénités. Peut-on savoir avec des mains comme les nôtres ? On pourrait croire qu'elles savent mieux que nous, des fois, ce qu'il importe de faire, pour le mieux. Et alors, ce film que nous devions aller voir, nous n'irons pas le voir. Nous dévierons. Eh oui ! encore la chambre et ses sortilèges. Moi, je serai démesurément présent. Sans doute, je pleurerai. Ça sortira enfin. C'est coincé depuis pas mal de temps. Je me laisserai aller. Peut-être vais-je parler dans mon sommeil ? Dire des choses énormes qui sont entrées en moi avec perfidie. Des larmes, des soupirs, en voulez-vous en voilà ! Et Elle promènera sa main persuasive, clémente sur toute ma peau. Même en couleurs, le film n'aurait pas su mieux s'y prendre.

Si je vous ai raconté notre dimanche au futur c'est tout simplement parce que j'aimerais bien qu'il soit encore devant nous, à refaire. Parce que des dimanches heureux, ça ne se donne plus !

* * *

Entre ses dents et dans notre dos, la psychologie de la vie quotidienne travaille, forge des humeurs. Il est très difficile d'avoir une idée précise des choses qui dépasse notre émotivité. Alors, ne dites donc pas : je sais ce que c'est, je connais ça, moi, mon opinion est faite là-dessus ! Comme ça, vous éviterez de vous enfermer vous-mêmes dans un confessionnal capitonné et perpétuel. Coupable, on l'est extrêmement facilement. En flagrant délit, pris sur le fait, la main dans le sac, etc. Aisément, on fige d'avoir contrarié quelqu'un ou quelque chose. On souffre, on se fait des peines de coeur grosses comme des chagrins. Embarrassés, on s'explique et on se cale. Pour ensuite presque toujours se rendre compte que ça ne valait pas la peine. Démarches, allées et venues, remuer ciel et terre, remords. Contrits, repentants, on n'ose plus recommencer. Il y a du péché mortel dans l'air. Même véniel, le mal s'insinue. Rechute, mauvais pli, répugnance à se donner miséricorde. On a été baptisés, alors, on se sent oints longtemps. Sacralisés, sacramentés, saint-chrêmisés. Faut agir en accumulant des indulgences. Même quand on est certains d'avoir échappé à tout ça, on ne s'abandonne pas au libre arbitre avec bienséance.

Je suis croisé, c'est là ma gloire...

On s'y rendait en rangs. Remarquez-vous qu'on forme encore aujourd'hui des rangées pour se rendre où le devoir nous appelle ? Manifester, protester, réclamer, ça se fait en cohortes bien alignées. Pèleriner, faire neuvaine, psalmodier, quoi. L'inconnu est tombé dans l'oubli. Alors, on confond sa démoralisation personnelle avec la décadence de toute une civilisation. Sans se rendre compte que, bêtement, nous som-

67

mes restés trop longtemps dans des latrines. À l'abri des grands vents et courants, dans l'odeur de ses propres et chaudes fientes. Comme une fleur du mal, la philosophie alors est née. D'un désespoir de *bécosse*. Pas plus loin que le bout de son nez, fallait répertorier ce qui s'y trouvait. Élucubrer par voie imaginaire sur les limites, les quatre murs rapprochés, l'absence de lumière. Sans trop bouger, en s'énervant par en dedans, on s'est évasé en direction des hypothèses. Si ci, si ça. Si oui, sinon, si non. Immatérielles, les questions se firent légères comme des chansons. De là à devenir carrément complaisants, il n'y avait qu'une mer rouge à traverser, que nous avons traversée allégrement, rassurés par le gars des effets spéciaux qui est un professionnel émérite, comme chacun sait. Mais c'était peine perdue, rien ne nous attendait que nous-mêmes de l'autre côté. Dur. Atroce, injuste surtout. Nous perdons des tonnes d'oiseaux à force de regarder ailleurs. On ne voit rien. On imagine encore, c'est plus en accord avec notre gigantesque besoin de tout inventer. Mon amour, je n'aime que toi. Tu es mon empêchement à regarder ailleurs. Tu me dérives, tu m'attires, tu me mets les deux yeux en face des trous. Si tu n'étais pas venue maintenant, je crois que j'aurais continué longtemps à discuter, négocier, débattre ma vie. À faire le nécessaire au lieu de tenter ma chance. À être commandé par les circonstances ! À décrocher des rôles ! À courir les concours ! À manger des *Big Macs*. À perdre haleine. À déguerpir à la moindre incongruité. À vivre d'inattention. Je guéris peu à peu de mon indifférence. Mes désirs sont plus occultes, plus indiscrets, plus curieux. Nous ne sommes pas les premiers venus l'un pour l'autre. Bien des ambiguïtés ont été confondantes et pas mal de rêves furent brusquement reconnus comme des rêves. Évasif, je tournais les difficultés, les envoyais paître sur mes propres terres, mais plus loin, plus tard. Je ne m'attardais jamais assez longtemps pour apercevoir, voir, saisir. J'agissais par surprise, j'insinuais, je vivais par l'entremise de moi-même. Faux calme, fausse tranquillité, bien-être pas très enthousiaste. Détaché, indolent, j'aimais être aimé comme on aime se croire beau quand on est en convalescence et que tout nous épuise. Beau et fort. Frais, gai, traversant des vies comme toute une troupe de saltimbanques éphémères. Plein de tours dans mon sac. Plein de trous dans mon sac. Vagabond et musicien. C'est-à-dire éperdu et lyrique. Pas si godiche que ça mais pas fin non plus. Libre, quoi ! Et un peu vide. Un peu seul ? Beaucoup seul et beaucoup inquiet. Mais impeccable, résigné, presque convaincu que l'amour ne s'avale plus à deux depuis belle lurette et quelques générations. Je pleurais pourtant encore en revoyant *Casablanca* ou *Les enfants du paradis*. Mais je pleurais en nostalgique. Je pleurais comme une femme. C'est-à-dire comme quelqu'un qui sait au fond de lui-même que tout est encore possible mais qu'on est lâche, conditionné, qu'on s'est absenté du plus vrai de soi-même. Je pleurais sur moi, sur mes louvoiements, mes manques, ma fragilité.

Vous me trouvez liturgique, sentimental, exagéré ? Je le suis. Je l'ai toujours été mais je l'étais dans l'ombre, c'est-à-dire au plus creux de moi, dans cette région caverneuse où tout résonne sans éclater. Levé, pelotonné, bien enfermé, étriqué, l'enfant est resté nain et n'aspirait plus qu'à s'endormir et à rêver surtout. À rêver de ce que serait la vie si on la désencombrait de la mort.

Elle est près de moi mais je suis tout seul. J'ai toujours aimé être tout seul. Mais j'ai toujours voulu avoir quelqu'un à côté de moi. Quelqu'un qui fasse attention et quelqu'un à qui je ferais attention. Juste comme ça. Pour que ça aille mieux. Pour que ça chante, que ça gémisse de temps en temps, pour que ce soit vivant. Pour déguster et pour supporter les dissonances. Pour essayer et pour endurer de se tromper. Pour être éblouissant et pour accepter d'être mat. Pour être spartiate et pour être croustillant. À l'écoute et à la parole alternativement, comme il se doit, comme les Indiens d'ici qui ne parlent pas tous à la fois, qui se respectent. Quelqu'un donc, quelquefois. Pour l'abandon et pour les élans et élancements. Pour ne plus chercher désespérément à s'envoler, s'enfuir, se cacher, tout escamoter.

Bon ! Tout ça pour te dire que quand je te dis je t'aime, il se peut que ça contienne tout ça et plus encore. Ça fait que : RESTE LÀ !

* * *

— Tu m'aimes avec toutes mes... ?
— J't'aime avec toutes tes. Et plus encore.
— Tu vois, ça m'arrive d'être de très mauvaise humeur le matin.
— Oui, mais comme ça t'arrive aussi d'être drôle, chaude et épouvantablement belle, de quoi je me plaindrais ?
— On voudrait toujours que l'autre nous voie seulement quand on rayonne, exulte, quand on lance des flammèches.
— Quand tu lances des feulements, des cris, quand tes griffes paraissent, j't'aime pareil. Ma sinistrose est presque guérie. Tu peux pas me faire de mal. Tu peux juste être terriblement vivante à côté de moi et m'éclabousser. Le désirez-vous pour le meilleur et pour le pire ?
— Oui. Le désirez-vous pour le pire et le meilleur ?
— Je vais y penser...
— Hé !
— OUI ! ! !

Comme ça, il arrive qu'on se marie le matin. Noces brèves et drôles. Et jamais définitives. Qu'est-ce qui peut se vanter d'être définitif ? Nous, ça nous engourdirait, ça nous rendrait léthargiques d'être définitifs. Insensibles surtout. On n'y tient vraiment pas. C'est assez somnolent tout autour de nous comme ça. Quand Elle est fâchée, ça barde. Des cheveux revolent, les mots sont lâchés, on ne s'ennuie pas. Des fois ça dure depuis le jus de pamplemousse jusqu'au bec sur le pas de la porte. Puis Elle détale et je reste pantois, penaud, interdit. J'étouffe un fou rire pendant qu'Elle fustige. Je ne peux pas m'en empêcher, Elle a un vocabulaire crampant. Je l'aime. C'est également une bonne raison pour rire, non ?

Fruité, le quotidien se laisse parfois prendre. Il se laisse avaler comme un médicament à la framboise. Il se laisse même apprendre, connaître. Quelque chose s'entrouvre par où pénètre une paix dulcifiante. Une levure vient faire lever nos pâtes. C'est possible alors, de frémir, de permettre à l'effervescence de nous animer. Du moins, c'est comme ça que ça se passe pour Elle et moi. Des fois. Aujourd'hui, par exemple. Capacités, potentiels, dispositions redeviennent abondants et volubiles. La vie nous intéresse sans sa force armée. Tout a bon goût, tout est brillant. Sans avoir à mettre aucune emphase, on a envie de vivre. Nos phrases deviennent des tirades, des répliques à épingler sur les murs. Nous sommes intenses et suaves comme des jeunes érables. Alors, on peut nous entailler, ça ne nous fait pas mal. Au contraire, ça nous soulage d'en donner parce qu'on en a trop. Si on va en ville, travailler, faire des courses, nous promener, on attire les regards sans les agacer. Si on heurte des sentiments, c'est sans le vouloir. Voyez-vous, certains jours on aime tant se dépenser qu'on ne regarde pas à la dépense. Au diable le *petit change* ! Si on déplaît, on déplaira. Si on froisse, ça se repasse. Si on aliène des esprits, il existe des gourous sympathiques qui les remettent en place. Si on porte ombrage, on insiste pour ajouter que le soleil reviendra. Si on jette du discrédit, on s'empresse de déclarer que nous sommes en pleine inflation. Bref, on se laisse être bien avec une désinvolture dégoûtante. Vous pouvez pas savoir ce que ça détend. La peau nous respire comme c'est plus permis. Il se peut que ce soit fatigant pour quelques autres. Que voulez-vous, on ne peut pas plaire à tout le monde ! D'ailleurs, nous, tout le monde ne nous plaît pas. On rend la réciproque et la pareille alors. Voilà pour la justice et l'équilibre. Mais au fond, donner du fil à retordre n'intéresse vraiment personne. C'est involontairement que les violents sont violents et que les contrariés sont contrariés. C'est la vie qui s'intéresse à eux au lieu de les intéresser. Ça fait pitié des fois, mais faut se dire que des enfances heureuses, ça n'a pas été donné à tout le monde. Que la vieillesse vient plus vite à ceux qui n'ont pas beaucoup vécu étant jeunes, etc. Des consolations, ils n'en ont pas besoin mais ils en demandent. Alors, on leur donne des bijoux ou des billets gratuits pour une émission de télévision, genre *quiz*. Quelquefois ça les dépanne, les désennuie, leur change le mal de place. On peut même en tirer un peu d'argent de poche si on est assez habile pour être serviable, sans trop y mettre de soi-même.

Comme vous voyez, je suis de bonne humeur. C'est qu'il y a une panne d'électricité et que la radio ne marche plus. C'est qu'il m'est facile de ressusciter, surtout si ça ne fait pas plus de trois jours que je suis mort. C'est aussi que la disparité des jours m'est familière et que je ne m'en fais plus comme avant avec le scabreux et l'épineux. Ça scabre et ça épine mais ça passe. Je ne fais pas de tours de force, je prends tout simplement certaines initiatives qui me remontent. Genre virer de bord, chanter fort dans les rues, dormir avec Elle. Enfantin, si vous saviez. Mais ça finit par faire revenir la jactance et la hâblerie, la joie.

Pas nécessaire d'avoir foi dans le surnaturel pour grouiller. La preuve, moi ! Mais je vous préviens, ne vous avisez pas de me prendre en exemple. Ça ne marcherait pas. Je suis trop changeant. Je ne m'y retrouve pas moi-même. Et puis je ne comprends pas le plaisir qu'éprouvent les gens qui aiment à être imités. Il me semble que la caricature grotesque que ça donnerait de vous voir faire comme moi m'empêcherait de dormir. J'ai le sommeil léger et je tiens à mes droits d'auteur. Hi ! Hi !

Bien sûr, c'est à nous de faire le pas. Les hommes, faut suivre, rejoindre, prendre part. Elles en ont fait pas mal depuis quelque temps. Se sont mises en avant, se sont avancées, ont escaladé des rêves abrupts. Se sont débrouillées très bien et très vaillamment, sont sorties de la servitude. Les créatures se sont mises à créer. Hi ! Hi ! Elles se sont rencontrées les unes les autres et ont rompu la vassalité, ont refusé l'asservissement. Ne sont plus l'esclave de personne. Elles ne cèdent plus, ne subissent plus. Elles ne sont plus suicidaires et ne travaillent plus pour des *peanuts* dans des succursales secondaires. Elles ne sont plus protégées ni satellites. Elles fabriquent, concrétisent et ne complotent plus dans la cuisine pendant que nous faisons avancer le monde dans des bureaux capitonnés. Bon ! Le masculin, elles ont bien vu qu'il ne s'agissait que d'en prendre les attitudes pour en obtenir lesdits privilèges. Du même coup, comprirent-elles la fragilité de nos devantures, façades. Du même coup, elles se sont aperçu qu'il y avait du *bluff*, de l'insécurité, de l'angoisse dans la virilité. Se rendirent compte que le raidissement amenait des raideurs ankylosantes. Nous ont démasqués, quoi ! Et avec aplomb : « Ils jouent avec leur virilité comme un bébé joue avec son pied, ils se donnent de la contenance. N'ayant plus de portes et de murailles à défoncer, ils ne savent plus quoi faire de leurs armes et boucliers. Ils font dur. Ils ont des airs de don Quichotte tristes et ils pleurent en silence et en cachette comme des bêtes meurtries et orgueilleuses. En sortiront-ils ? Saisiront-ils la nuance ? Comprendront-ils l'inutilité navrante de leur entêtement chevaleresque ? Ils perdent un temps fou en nous tenant à l'écart de leur amnistie comme ils nous tenaient à l'écart de leurs garnisons. C'est bête et ça retarde la noce joyeuse. Ils ne savent pas recevoir et s'empêchent de donner, de peur d'être pris en flagrant délit dans une pose confortable, une attitude abandonnée et vulnérable. Leur féminin les effraie parce qu'ils l'ont toujours vécu par nous, en nous, à travers nous surtout. Faudrait les aider mais ils aiment beaucoup trouver tout seuls comme ils découvrirent les Indes et le progrès technique tout seuls, enfermés dans des pièces noires, sourds et aveugles à la beauté du jour qu'ils abolissaient aux fenêtres de nos maisons. Héros et génies pendant que nous faisions fructifier, que nous assurions la continuité, la générosité, la vie, ou plutôt la survie. »

Ainsi parlait Lysistrata ! Ainsi parlent-elles. Ainsi soit-il ! Franchement, leur laisser le gros bout du bâton, c'est s'apprêter à en recevoir un bon coup sur la tête ! Épais, joufflus, poupards, massifs et butors, on refuse, on leur tient tête, on leur en veut de ne plus gentiment accepter notre galanterie. Leur ouvrons-nous la porte qu'elles réclament le droit de ne plus être considérées comme des infirmes. Cynisme ? Indélicatesse ? Ce sont là les récompenses qu'on reçoit pour tant de siècles de libéralité ? Ça valait bien la peine de grimper à des tours, de risquer sa vie en des combats et tournois sanglants, de se battre en duel pour leurs beaux yeux ! Merde, ce n'est pas la reconnaissance qui les étouffe ! Misère ! Nous ne pouvons plus rien brandir qui les impressionne. Même nos phantasmes sont démystifiés. Elles ne croient plus en nos déifications d'elles, nos rêves d'elles, nos illuminations d'elles. Elles considèrent que nous ne les avons jamais vues telles qu'elles sont réellement. Que nous leur avons ajouté, puis soustrait de la vraisemblance à notre guise, et selon notre besoin de les avoir bien à nous, bien accrochées, bien souples, bien versatiles. Changeantes, puisque de révolution en révolution nos faims et soifs changeaient, réclamaient d'autres assouvissements, d'autres étanchements, d'autres plaisirs. Elles n'existaient pas vraiment, elles servaient à quelque chose, elles remplissaient, suppléaient, trouvaient le temps long et inventaient des choses jolies, agréables et inutiles. Nous étions difformes et nous parlions fort. Elles étaient belles et se taisaient. Elles en ont eu assez et se sont mises à parler, sans éprouver le besoin de se défigurer. Nous, nous sommes encore enfermés dans un mutisme cave et nous sommes restés pas mal difformes. Et nous crions par en dedans. Et nous nous affolons par en dedans. Et nous n'osons pas nous regarder nous-mêmes dans le blanc des yeux, de peur d'y découvrir des poutres grosses comme ça. Et les tavernes sont devenues des brasseries. Nos coins et recoins ont cessé d'être des refuges. On est à découvert. À vif et aux quatre vents et sans bien-être social. Nous ne sommes pas étroitement liés comme elles. Nous sommes encore des individus, des phéno-mènes, des énergumènes, des spécialistes, des fiers-à-bras, des mâles. Des enfants aussi. Des ti-culs, ni sains ni saufs, mais fanfarons, insolents, persifleurs. Et nous les sifflons enco-re dans la rue. Nous les déguisons toujours dans des magazi-nes et leur faisons toujours chanter des airs qui ne nous déchi-rent plus, qui ne font que nous engourdir et nous permettre des délais. Me suivez-vous ?

La question : comment emboîter le pas sans trop nous déboîter ? Comment faire, hostie ? Admettre la femme en moi ? Bien vouloir qu'Elle soit énergique et prenne la barre quand, moi, je me sens flou et sans ardeur ? Que je m'étende quand je suis mort ? Que je me laisse faire quand Elle a envie, le goût de m'aimer comme ça, dans la simplicité d'un aban-don que je désire, que je ne peux pas lui cacher ? Que je verse les larmes que j'ai à verser ? Que je la croie quand Elle me dit que je suis beau et qu'Elle veut me le montrer, démon-trer ? Que je m'assouplisse dans la tendresse au lieu de lutter avec tout ce qui est doux, soyeux et vague en moi ? Beau pro-gramme ! N'empêche que je ne vois pas où se situe ma liber-té là-dedans. Faut bien que j'essaie. Faut bien que je tente de m'aimer dans mes creux et mes gestes mobiles, girouettés. Aussi bien te le dire tout de suite, chère Elle, je m'ennuie beaucoup dans mes retranchements. Je ne peux plus angois-ser sans avoir l'impression d'un gaspillage. Chose trop répétée perd sa saveur et son sens. Tu me rentres dedans au moins tout autant que je te rentre dedans. Tu m'ouvres au moins tout autant que tu t'ouvres pour moi. Je suis aussi cyclique que tes lunaisons. Je suis aussi intermittent, aussi liquide, aussi variable que toi. Et je t'aime aussi fort et aussi langoureusement que tu m'aimes. Et quand j'arrive à te céder, j'arrive à te comprendre mieux qu'en n'importe quel assaut. Quelquefois même, je te remercie doucement de m'avoir rendu sensible à ma propre transparence.

...your gentleness came down upon me and I guess I thanked you, when you caused me to yield...

Des chansons comme celle-là, j'en chanterais bien moi aussi des fois !

* * *

Ma façon de penser, vous devez commencer à en avoir assez, hein ? Mes envols et mes vertiges finiront sûrement par vous tomber sur les nerfs. Ouvrez l'oeil et le bon parce que je suis bien capable d'exagérer, d'en mettre trop, de continuer. J'ai de la facilité, je suis fantasque et de plus, je palpite de toutes sortes de choses à raconter. Je m'estime au-dessus de tout soupçon ou reproche pour la simple et bonne raison que je vous dis strictement la vérité. La mienne, il va sans dire. La vôtre, j'imagine que vous êtes hautement capables de vous la forger tout seuls, non ? Ça fait que, délivré de l'appréhension caustique de vous envahir, je poursuis familièrement. Que voulez-vous, l'amour me taraude tout autant le poignet et les doigts que le reste. Et ce n'est pas peu dire. Imaginez un peu : j'ai trente ans et je commence à peine à flamber, à brasiller, à vivre. Alors, forcément, ça me rend téméraire, voire même phosphorescent. Je me mets à briller dans le noir. Dans la nuit. Dans le nocturne de mes anciennes détresses. Je me mets donc subtilement à comprendre quelque chose à ce bruissement multiple qu'on appelle l'existence. Mes effrois se dilatent. Mes fibres se délient et se détendent. Mon corps prend du corps, c'est-à-dire qu'il apprend à couler tout autant qu'il s'affermit. C'est une exubérance, une fête, une prolifération. Je tue le veau gras presque tous les jours et j'assiste, ébloui et très surpris, à un festival dans ma cervelle et sous ma peau. Mes cellules donnent des banquets, des galas, me font des cadeaux. Ça célèbre aux quatre coins de moi-même. C'est à m'en donner des étourdissements et parfois des maux de coeur, des évanouissements. Plus rien n'est retenu. Tout a lieu, tout s'exprime, tout fleurit. Si je ne veux pas que ça monte en graine, faut bien que je moissonne, cueille, ramasse. Et le pire, c'est que je n'ai pas de répit. Jour et nuit, ça fermente, mousse, écume. C'est vivant, quoi ! Et ça vaut la peine. Ça exige, ça pousse, ça tiraille mais ça vous donne l'impression terrible et géniale que vous allez enfin naître, venir au monde, vous appartenir. Alors, vous comprenez que je suis bien placé pour développer, m'étendre sur mes sujets, détailler. S'il fallait que ça m'échappe, que je ne sois pas assez vigilant ni assez libre pour faire de la place, accueillir, me laisser faire, ce serait un crime, un péché, une erreur, un grotesque mauvais tour que je me jouerais !

* * *

— Tra-la-la-la-la-la !...
— Oh la belle bonne humeur !
— C'est pas tous les matins qu'on se réveille avec du Mozart à la radio. J'en reviens pas. Ce doit être une erreur. Je vais les appeler pour leur dire.
— Si c'est une erreur, laisse-les se punir eux-mêmes en laissant Mozart jouer jusqu'au bout et va préparer du café !
— Attends ! Ferme les yeux deux minutes... Vois-tu ?
— Voir quoi ?
— La vie en jaune orange qui scintille sous tes paupières ?
— Oui, si tu veux.
— Comment si je veux ? Insiste ! C'est tellement bon le

soleil quand il est en soi. Tu vois, c'est toi qui me fais ça !

— Mon idée que t'as besoin de moi pour voir la vie en jaune orange !

— J'ai pas besoin de toi pour voir la vie en jaune orange mais j'ai besoin de toi pour être sûr et certain que c'est vrai, que je ne suis pas complètement maboul ni totalement malavisé.

— Non, laisse ta main là encore un peu.

— Tiens ! J'étais pas au courant que t'aimais que je te touche là.

— Tu vois bien qu'on a jamais fini de se découvrir.

— Tu vois bien que j'ai des mains qui sont plus persuasives que les mots, tu veux dire.

— T'as raison. Si je ferme les yeux maintenant, je suis sûre que je vais voir la vie en jaune orange.

— J't'aime. Avec toutes tes obstinations, tes réponses à tout, tes répliques en ligne brisée, j't'aime !

— J't'aime avec toutes tes déviations, tes remarques personnelles, ta polémique, tes doutes, ta tenace culpabilité, tes façons de filer doux, j't'aime !

— Avec ton habitude inouïe de me dire des bêtises comme des compliments, j't'aime !

— Avec ta tendresse oblique, ton charme meurtri, tes sautillements de poney fou, j't'aime !

— Avec tes gels et tes dégels, ta présence lumineuse et ton absence difficile, j't'aime !

— Avec ta curiosité débordante et ta manie de fabuler, ton détachement et ta passion, surtout celle que t'as pour moi, j't'aime !

— Avec tes expansions et tes recroquevillements, tes manières de jeune fille de bonne famille, j't'aime !

— Avec tes allures de cow-boy insolite, ta clarté de ti-cul qui a un peu beaucoup moisi dans un collège, j't'aime !

— Avec tes culottes ôtées, avec tes culottes sur toi, j't'aime !

— Avec ton sexe mou, ton sexe droit, ton sexe en berne, ton sexe tout court, j't'aime !

— Avec... Hé ! J'ai pas fini !

— Alors, continue avec tes mains !

Elle est intarissable.

* * *

Qui n'a pas rêvé d'être tranquillement assis sur une colline verte et de regarder le monde comme s'il nous attendait, non plus comme un labyrinthe, un dédale, une foire compliquée ? Qui n'a pas souhaité au moins une fois d'enlacer, jusqu'à la contenir, la lumière particulière d'une journée de parfait bonheur ? Qui ne sacrifierait pas une bonne partie de sa vie de cocon pour une seule et unique journée de papillon magnifique et superbement voltigeur ? Un vol en technicolor et de soie pure ? Qui donc n'est pas assez éprouvé pour se laisser aller à désirer le soulagement d'un abandon suave ? Qui donc n'en a pas assez de la charité désordonnée ? Qui donc n'envie pas la facilité des bêtes, l'absence de poids des oiseaux, la grâce des arbres au vent ? Qui donc peut se vanter d'avoir atteint la bonne bonté, la munificence, la générosité ? Qui donc ne se perçoit pas avec toutes ses entailles, ses manques, ses enveloppes ? Qui donc ne se sent pas parfois trop entamé, trop avancé dans la mort, trop tard ? Qui donc y croit dur comme fer quand il dit : je vais recommencer à zéro ? Qui donc est pur, intact, neuf, enfant légitime ? Qui donc n'est pas seulement un être humain vivant au vingtième siècle et qui donc n'en éprouve pas un vague désespoir ?

Vous n'êtes pas obligés de répondre à toutes ces questions. D'ailleurs, votre silence en dit long. Je crois que nous ne sommes pas assez honnêtes pour être anarchistes, faire tout ce qu'on veut sans nuire un peu. C'est pour ça qu'on fait du charme, pour s'enduire et enduire les autres de diaprures, de couleurs, d'excuses. On s'en veut de ne pas pouvoir changer là où on a mal. De fonctionner sur une erre d'aller, de manquer de noblesse et de dignité, de ne pas encore y être arrivés, quoi ! De ne pas être de plain-pied avec nos éclairs de lucidité, de conscience. On ne s'aime pas de flâner, de fuir, d'avoir envie de demander grâce et de fanfaronner quand même. On en sait trop long et ça finit par nous brouiller l'entendement. On a toujours et encore des désirs de puissance, des manies de grandeur, des gestes grandioses. Des arabesques joyeuses comme des grimaces de clown. Le monde se porte toujours mal pour celui qui en connaît trop. Il n'est pourtant rien de plus efficace que de se connaître soi-même, il me semble. Pour peu qu'on en oublie un peu. Pour autant qu'on laisse tomber quelques-unes de nos désolations inévitables. Il n'est pas nécessaire de passer au crible ses moindres gestes pour accepter qu'ils soient motivés par l'ignorance et par une soif de merveilleux qui justifie à elle toute seule toutes les mésaventures possibles et impossibles. En tous les cas. Rien dans les mains, rien dans les poches. Tout dans le blanc des yeux, rien dans les prunelles. *De profundis clamavi*. L'échelle de Jacob. Le zéro et l'infini. La routine, quoi !

Marie-Jeanne m'en a dit une bonne hier : « Les optimistes croient que nous vivons dans le meilleur monde possible. Les pessimistes en sont sûrs. » Elle est pas mal, hein ? Je ne sais pas où elle est allée chercher ça mais ça tourne rond. Cette Marie-Jeanne, quelle intrépide ! Flèche de tout bois, jambes à son cou : rien ne la fatigue, rien ne l'arrête. Même alitée avec la fièvre jaune, elle continuerait à palabrer sur les diverses formes d'ensoleillement possibles. Régénératrice et constante comme une prairie dans un pays où la pluie alternerait souplement avec le soleil. Je fais des images un peu fleuries quand je parle d'elle, parce que je sais que ça la fera rire et que son rire est dithyrambique. C'est vous dire qu'elle en énerve plusieurs. On dit qu'elle a de l'étoffe. Moi, je crois qu'elle a beaucoup de cœur. Ce qui fait qu'elle dérange bien des choses. Qu'elle ne se mêle pas toujours de ses affaires, qu'elle s'ingère, s'infiltre, s'insinue, prend de la place. Elle éclabousse, déteint, se sent à l'aise partout, dépaysée nulle part. Bref, elle est bourrée de qualités tonitruantes et elle s'en sert. Ceux que ça fatigue, elle les envoie se promener et y réfléchir ailleurs. Marie-Jeanne la savane, la sorcière, l'intempestive. Mon amie qui m'a donné du fil à retordre et du plaisir à revendre. Sans elle, je n'aurais jamais pu rencontrer, connaître Elle. Marie-Jeanne m'a aidé à épointer mes vieilles lances, à m'asseoir un peu et à parler, à admettre mes contradictions compressantes. C'est un service qui n'en attire pas d'autres. Il est suffisant à lui tout seul. Si je vous dis que ce que j'écris la fera mourir de rire et que ça me fera du bien, rirez-vous de moi ? Eh bien ! riez, ça vous fera du bien aussi.

Je déclame, je fais le sublime, je m'émancipe. Et je n'ai pas fini. J'irradie, je pontifie, j'en suis même sentencieux des fois. Diamantaire, mon bonheur lance des rayons hétéroclites, crépitants. Il dissipe la brume et toutes les sournoiseries qui s'y tapissaient. L'amour n'est peut-être pas plus fort que la police mais il finira par y arriver sans contraventions ni airs arrogants. Et je ne brandis pas mon index et mon médius en forme de V quand je vous dis ça ! Je le crois vraiment !

Don't tell me of love everlasting and other sad dreams, I don't want to hear. Just tell me of two passionate strangers who rescue each other from a lifetime of care. And if love means forever, expecting nothing in return, then I hope I'll be given another whole lifetime to learn...

Songez-vous à ce à quoi je songe ?

* * *

Et si ce n'était pas vrai ? Et si je m'imaginais des choses ?

J'en suis bien capable. Au bout de tous les tièdes serments qu'on s'est échangés, tous mes amours, toutes mes amours, et moi, il se peut bien que j'aie perdu confiance. J'ai peur. Encore. Elle m'a effrayé, fait mal. Elle a pénétré si loin en moi qu'Elle en a trop vu. Mes mutilations et mes contes noirs, mes désavantages, mes prétentions, mes exigences et mes dissimulations. Toute la grosse affaire, quoi ! *The whole catastrophy.* Mes ruses, mes détours et ma solitude profonde comme une blessure d'enfant. Mes contresens, mes inexactitudes, toutes les souillures et le scandale de mon désordre passé. Elle est venue avec moi chez mes parents. Mon père et ma mère. Elle les a vus, rencontrés, connus. Et le petit garçon horriblement malheureux, écorché, depuis longtemps trahi, Elle l'a vu, rencontré, connu aussi. Misère ! Le piège est à nouveau ouvert, béant, palpitant. Ce grand vide qui vient mettre un écran entre moi et Elle, ce tremblement du dedans à cause de l'amour de famille qui n'a jamais été vécu comme il faut, Elle les a entrevus, saisis, sentis. Mes convulsions, mes tressaillements, la grande crispation qui me donne des gestes et des simagrées froids et mécaniques, Elle a tout vu ça et moi j'en ai eu des spasmes. La grosse boule dans l'estomac, vous savez, l'angoisse. Tout à coup, la fameuse frousse que l'abîme soit infranchissable, la mer à boire et la fin du monde. Elle s'est bien rendu compte que je n'aimais pas et qu'on ne m'aimait pas et que père et mère et frères et soeurs furent un paysage, un entourage, mais jamais une famille, un clan, une chaude serre. Elle a bien vu que je mentais, arrangeais, faisais des pieds et des mains pour paraître en bonne et due forme. Que je figeais, m'enlisais dans la détresse frigorifiante avec des politesses sans empressement. Que mes bobos n'avaient pas guéri sous le pansement des ans. Que ça pétillait dans le creux de la blessure. Le ti-cul trébuche encore sur la clôture de son parc de bébé. Désastreux. Peine et chagrin n'étaient que partiellement enfouis. Exhumée, l'hostilité ressurgit. Je suis en train de me faire du mal avec tout ça et Elle est en train d'y assister, d'y prendre part, de s'en mêler. Beau moment ! Je suis fermé, boutonné et je dévore mes larmes. Tout se déploie en sous-entendus. Je couve une colère vieille de trente ans, ou presque. Je veille un mort dans notre chambre qui fut et sera encore l'endroit des secousses bienheureuses. Elle est transie de froid. Sans doute le froid des barreaux de ma cage, de ma prison. Elle est recroquevillée et m'attend en espérant je ne sais quel aveu, quelle délivrance, quels mots. Je suis ficelé, je fais le tour, j'ai peur. Vous voyez un peu le panorama ? J'ai l'air de faire une danse macabre autour du sujet. Si je suis si mystérieux, c'est que je me méfie de mes circonlocutions, de ma manie de confondre le propre et le figuré, de mes mots composés, dérivés, pas simples. Je me méfie de mes terminaisons qui ne terminent rien, de mes cercles vicieux. J'ai tant et trop parlé de tout ça, trop souvent et trop mal. Elle scintille dans le noir. Sa peau, ses cheveux sont inaccessibles. Ils brillent et l'auréolent mais ne me concernent pas. Loin, très loin, maniaque dans ma claustration, je m'obstine à vouloir l'éviter. Je récrimine, j'ai l'air d'une menace qui ne veut pas éclater. C'est drôle, hein ? En avoir le coeur net ne me dit rien qui vaille. Alors, je fais le guet, je suis à l'affût, je ne me montre pas. Quand je sors de ma cachette trop précipitamment, j'effraie le gibier et il détale à toutes ailes. Donc, je suis tapi, immobile maintenant, j'attends que ça vienne tout seul. *Words, words, words* sont seuls en vue et je ne tire pas sur ces innocents-là. Faut l'état. La transe, la grande frénésie. Si Elle me caresse, me touche, je vais bondir, foncer, je ne sais pas ce que je vais faire. Comme je suis présent dans cette absence ! C'est à vous donner envie de faire quelque chose pour moi, n'est-ce pas ? Attendez, vous verrez que vous ne perdez rien pour attendre, pour endurer le suspense. Le coeur du problème, vous le verrez ressoudre, émerger, venir en pleine lumière. Aimer, ce que ça veut dire et ce que ça ne veut pas dire pour moi, etc. L'essentiel de mon propos, comme on dit dans les conférences.

— Mes parents sont morts et presque enterrés et ils

m'ont laissé sur mes bras et non sur les bras des autres. Qu'est-ce que tu veux que je te dise ? Eux ne chantent pas mais ils me font chanter. Ils vieillissent de travers et ils voudraient que j'y participe, que je compatisse, comprenne, me sente responsable... Leur dégénérescence me touche au plus haut point mais j'en ai mon voyage de jouer le grand fils pas prodigue. Je suis seul. Tout le monde est seul. Une peau, un coeur, une cervelle pour chacun et pas plus. Qu'ils ne m'énervent pas avec leur angoissante approche de la mort. Ils ont toujours été proches de la mort. Ils ont déguerpi de la vie à toute vitesse, jambes à leur cou, quand la tendresse leur en a trop demandé... Ne me regarde pas comme ça ! Les tiens, tu les aimes bien, les miens sont des fantômes qui ne hantent plus que les centres d'achat et les salons funéraires. C'est tout. Y a pas à chercher plus loin ni plus creux...

— Pleure, ça va te faire du bien.

— Je sais ce qui me fait ou ne me fait pas du bien, ne te mêle pas de veiller à ma protection comme tout le monde !... S'cuse-moi... J'ai mal ici et j'ai mal là et ça fait mal !

— Je comprends.

— Non, tu comprends pas. Y a rien à comprendre. Ça se passe à côté, en dessous, loin de toute compréhension. Tu es Elle et je suis moi, cette nuit, comme jamais. N'essaie pas de me consoler, de me remettre en place, de me rassurer. Je sais ce qui arrive et je vais m'arranger avec. Tu ne connais pas le fond de l'affaire et tu sautes sur les circonstances. Tout le monde saute sur les circonstances, tout le temps. J'en ai pardessus la margelle de mon puits de la compassion et des bonnes paroles lénifiantes. Te fatigue pas.

— Je ne me fatigue pas.

— Oh non, toi, tu n'es jamais fatiguée ! Tu resplendis sans arrêt. Tu es née pour le bonheur comme moi je suis né pour courir après.

— ...

— Ça t'en bouche un coin, hein, de me savoir si lucide, si féroce ? Eh bien ! c'est un bon coin de bouché ! Comme ça, tu ne t'en feras plus avec moi. Je suis paranoïaque et schizophrène et laissez-moi tranquille. Tiens-toi loin quand le monstre ressurgit et t'auras pas de problèmes...

— Tiens, mets ce coussin-là sous ta tête.

— Laisse le coussin et ma tête où ils sont. Laisse mon père et ma mère où ils sont. Laisse-moi où je suis et va tâcher de récupérer du monde récupérable. Je ne veux plus rien savoir de ta gentillesse et de toute la panoplie de tes conseils de bienséance. Suffit ! Personne ne me prendra en mains. Et si j'ai envie de me battre, je me battrai. J'ai dit !

— Faudrait que tu dormes.

— Dormir ? Flamber mon temps ? Faire des cauchemars au lieu de faire des éclats ? C'est ça ? Jamais ! Plutôt mourir... Quand j'étais petit et que ma mère venait me tirer de mes jeux solitaires pour me faire mal en me serrant dans ses gros bras et qu'elle insistait pour me dire qu'elle m'aimait, que j'étais gentil, je la détestais. Si elle m'aime, que je me disais, elle va me laisser jouer, découvrir, être bien. C'est quoi cette manie de serrer, contenir, vouloir qu'on leur appartienne ? Hostie !... Eh bien ! tu vois, c'est encore pareil aujourd'hui. Je ne supporte pas qu'on vienne m'arracher à moi-même pour me prouver amour et considération et le reste. Tout le monde est sincère, j'en doute pas. Mais tout le monde veut l'impossible. C'est-à-dire que tout le monde veut avoir quelqu'un qui fait beaucoup pitié sous la main pour avoir le velours de le sortir du trou. Je ne suis pas dans un trou et je n'ai besoin d'aucun secours du genre. Je vais bien et qu'on me fiche la paix et la solitude !... Ne m'écoute pas au complet, j'en passe des bouts et j'en détaille trop d'autres. Toujours la même histoire, le même pathos, la même misère. Heureux les orphelins !

— Si les orphelins t'entendaient !

— Eh bien ils ne m'entendent pas ! D'ailleurs, tu vas me dire qu'eux doivent crier : « Heureux les fils de famille ! » Sans doute, et la vie c'est comme ça. Quand on est enfant on ne devrait appartenir à personne. Ni à son père, ni à sa mère, ni à la société. C'est tout. C'est ça le gros drame, la grosse maladie, le gros mal... Là, t'es contente, je pleure !...

Ça coule, ça jaillit, ça met du rouge sur le noir. C'est la fin du rouleau, le dernier des écus, la dernière gorgée. Si ça pouvait me vider et faire de la place ! Si ça pouvait seulement me faire du bien ! Tiens, je ne peux m'empêcher de chanter à Elle ce qui se passe en ce moment au plus profond de mon coeur. D'ailleurs, ce n'est pas moi, c'est Félix qui le dit.

Si je vois le printemps venir derrière les rideaux, je croirai ton traîneau, ton cheval et ta mer

Si le beau temps ramène les grenouilles dans l'étang, je prendrai deux grenouilles et ferai le serment.

Le serment de t'aimer toujours, malgré la poudrerie

Le serment de croire en ce jour, qu'il soit d'or ou de gris...

Elle sourit. C'est terrible. Quand Elle sourit, je perds le fil. Je n'ai plus de suite dans le récit ni dans les idées. Je suis tout nu. Je suis moi ?

* * *

Heavy, lourd, je sais l'être moi aussi, hein ? Ça vient de tellement loin, des fois, que ça aurait beau prévenir, on ne saurait pas de quoi il s'agit. Un rien amène une tonne d'affaires. C'est ce qu'on appelle le dépassement. Être dépassé par quelque chose. Et généralement, ce quelque chose c'est soi-même. Je veux bien vivre avec Elle. Ce n'est pas avec Elle que j'ai des difficultés. C'est avec moi. Faut toujours que les années nous suivent partout. Faut toujours que. Faut toujours. Faut. Le sens de l'histoire, la vie qui continue, *the show must go on*, etc. Toutes les expressions sont consacrées et tous les lieux sont communs. En amour comme partout ailleurs. Nageant en pleine convention dans notre mer à boire respective, il est difficile, voire même douloureux de conserver la belle rage, le goût radical, l'exigence fondamentale du changement. On retombe dans la dernière fois et dans l'avant-dernière fois très aisément. Ça glisse, c'est les circonstances atténuantes, c'est la vie, on n'y peut rien : la mémoire est sévère pour chacun. Dès le premier gros et grand amour, on est heurté quelque part ; ça ne s'est pas bien passé, c'est pas ce qu'on voulait, attendait, ce dont on avait besoin. Le mal court depuis. Les dés furent jetés, les jeux sont faits, l'amer est venu aigrir le doux. C'est un peu comme si on se disait : l'amour c'est comme la mort, ça n'arrive qu'une fois. Si on s'en relève, c'est factice, sans épices et misérable qu'on accepte la survie. On met un temps fou à se pâmer de nouveau. On ménage ses transports. On s'adonne au plaisir tout seul. On passe de l'une à l'un, à l'autre. On s'entoure d'une quantité écrasante de bonnes raisons pour avancer quand même dans la brousse, pour palpiter quand même, pour apercevoir un peu d'horizon. On passe d'amateur à professionnel. On joue mieux, on se perfectionne. Même si on développe des tics, c'est pas grave, on a rien sans rien. Qui risque rien n'a rien dit-on, et on se lance des défis au lieu de se lancer soi-même. On se bat, se démène, on apprend ! « Qu'il est long le chemin... » Bref, on ne mord plus, on se laisse mordre. On cède du terrain, on fait des compromis, on assume ses contradictions et on endure ses microbes avec l'aide artificielle d'un médicament qu'on avale à dose recommandée. Il y en a même qui se marient avec une autre pour oublier l'amour. D'autres, comme moi, deviennent moqueurs, provocants, satiriques. Clownesques. Sympathiques et seuls. Libres mais durs à atteindre. Carapacés et tendres. Livrant bataille à l'ennui et à la mollesse, gais dans le travail, riches en conquêtes pauvres de toutes sortes, disponibles encore. On sent bien que ceux-là n'ont pas encore enseveli l'amour, même s'il est mort depuis un bon moment. On espère simplement qu'il va profiter d'un soleil de printemps prochain pour se réveiller, comme une mouche dans une fenêtre. Je savoure ma chance et mon privilège. L'amour n'était qu'endormi, provisoirement comateux.

Pour vous, ça se passe comment ? Dort-il, vit-il, est-il sous hypnose, attend-t-il encore ? Méfiez-vous ! Il peut arriver qu'il se réveille dans un monde où il ne se reconnaîtra plus et alors il peut faire des bêtises, se fâcher et vous entraîner dans une cause où vous serez tenu criminellement responsable ! Je badine, je vous nargue, je suis incisif. Hé que je suis excessif !

*　*　*

Plus simplement, vous me verrez me détendre, faire confiance à Elle, enfin fondre. Cesser en tout cas de m'assombrir avec les préfixes, les suffixes, l'ablatif, le datif et le génitif. Rester dans le présent et en profiter, quoi. La vie n'est plus un songe que j'ai mal songé. Mon origine, ma formation et ma composition, plus harmonieusement, se mettent à vibrer ensemble. J'existe davantage sans demander d'éclaircissements. Je ne me jette plus aux pieds d'aucun malaise avec des prières. Il était temps que je vienne un peu au monde, hein ? Que je m'ouvre les yeux, que je quitte les jupes de ma mère, que je prenne mon envol, tout ce que vous voudrez. Il était surtout temps que je cesse de réclamer et que je prenne, saisisse, que je m'élance. Que je cesse d'être continuellement circonspect. Il était temps aussi que toutes mes prudences ne m'égarent plus. Mes calculs et mes tentatives, j'en ai eu assez. Je ne tournais pas en rond, je tournais en carré, ce qui revient au même cercle vicieux. Le foisonnement luxuriant de tous les jours, je le percevais à travers un voile, une brume. Pas surprenant que je me sois empêché d'y aller. Le bonheur ? Je le croyais pour d'autres, vénal, miné. Le bonheur m'exaspérait comme le paradis exaspère un catholique coincé. Je croyais prendre soin de moi et je prenais soin de justifier l'allégorie, le désespoir, la terrible profondeur de ma mélancolie. Je prenais des précautions, j'examinais les situations, je jouais serré, je n'en menais pas large. J'y regardais à deux fois, je me méfiais, quoi. Je pourrissais de potentiels inertes. Je paralysais de lucidité. Je fatiguais à la moindre chance. Je me contractais au moindre bon vent, joli vent. Pas pour moi. J'ai des âcretés indélébiles qui me collent au palais et me cimentent les jointures ! On se cognait sur moi. On se butait sur moi. On ne me franchissait pas. De temps en temps, on m'applaudissait. De temps en temps, on me lançait des tomates. De temps en temps, on me laissait tranquille. Mais ce n'était jamais moi. C'était Eux. Ce qu'ils voulaient, désiraient, souhaitaient, les autres. J'étais envoûté. Vous savez, comme au cirque, quand les trapézistes vous donnent des sueurs froides ? Je m'observais dans cette haute voltige et je me donnais des sueurs froides. J'avais terriblement peur du vide mais fallait donner le spectacle, ne pas lésiner, en venir vite aux passes dangereuses. C'est ça qui les excite le plus. Qui m'excitait le plus. Magistralement, risquer le tout pour le tout. Alors qu'on ne risque rien au fond puisque rien ne nous appartient. Puisqu'on joue avec des rêves et que nos sauts et nos arabesques ne délivrent pas l'oiseau rare. C'est-à-dire soi-même. Prisonnier de mes pirouettes, je pirouettais. En bas, en haut, sur le côté. Et que je tombe et que je me relève. Et si je n'y retourne pas tout de suite, je suis fini, la peur va provoquer l'ankylose définitive. Vous voyez le volumineux tour de force ? Eh bien ! quand ce fabuleux cirque aux horreurs est reparti, je n'ai pas suivi la caravane. J'étais fatigué et je n'ai pas renouvelé le contrat. J'étais perdu, vidé, mais débarrassé de quelque chose de lourd et d'impossible. J'étais tout seul et copieusement désillusionné. Plus de lumières éblouissantes, plus de musique entraînante, plus rien. De l'herbe jaunie à l'endroit où se dressait le grand chapiteau. Un espace vide et gigantesque. Un terrain vague. L'absence totale et déprimante. L'étourdissement assourdissant du silence. J'avais eu vingt ans et vingt-cinq ans dans un cirque, dans une fête foraine qui est allée se faire voir ailleurs, je ne sais trop où. Le petit matin portait du frimas plein l'horizon. Le soleil n'osait pas se montrer. Évidemment, c'était l'automne. Un automne prématuré, sale, un vrai deuil. Ce qui s'était passé ? On m'aurait fouillé qu'on n'aurait rien trouvé : ni réponses, ni raisons, ni symptômes. Aucune lueur, aucun signe de vie. Excepté quelques battements lents, non rythmés, sous ma veste. Une palpitation diminuée. La belle extravagance m'avait utilisé puis laissé là, m'avait menti. Séduit et abandonné comme un triste héros de mauvais film italien. Ni larmes, ni convulsions. Sans appétit et sans désir. Désertique, incohérent, démonté.

Comment vous dire que tout a vraiment commencé là ? Il n'y a rien à comprendre, sinon ceci : suffit parfois de se faire casser en deux pour voir qu'on était deux. Pour comprendre que ce n'était pas tout à fait soi, ce voltigeur intrépide et effrayé. Que la vie a lieu plus profondément et plus naturellement quand on accepte d'être seul et de ne savoir rien faire. Des ombres sont passées devant moi. Je dis des ombres, parce que je ne savais plus rien reconnaître. Ça bougeait trop loin, trop flou, trop vite. On me saluait sur le bord de mon trou mais je ne saisissais pas, j'entendais mal aussi, j'étais faible. J'avais besoin d'aide et pour la première fois de ma vie, j'en ai demandé. J'ai crié. Je me suis couvert de ridicule et le rire est remonté. Il venait de si loin que je l'ai pris pour un sarcasme, habitué que j'étais aux artifices de l'artificiel. Je ne savais peut-être rien faire mais j'étais soudainement bien, tranquille, presque content d'avoir échappé à l'invraisemblable. Marcher sur un trottoir après avoir marché sur un fil, c'était facile, doux, ça allait tout seul. Et je me suis mis à voir toutes sortes de choses autour de moi. Des choses sans fragilité, qui semblaient avoir toujours existé simplement et sans que je m'en sois douté. On m'a quelquefois pris par la main pour me forcer un peu à prendre part, à m'asseoir et regarder. C'est drôle, les autres étaient devenus des complices. Ils ne me faisaient plus peur, plus mal. J'étais seul mais ça ne bourrasquait plus, ça ne montait plus sur ses grands chevaux, ça ne grinçait plus des dents. Cordialement, on m'adressait la parole, on m'écoutait. Je ne tenais plus après rien, je circulais, je n'en revenais pas. J'étais déraidi, ballant et pourtant, je n'avais ni frousse ni complexes.

Elle est arrivée beaucoup plus tard. Mais imaginez un peu comme le lit était fait !

* * *

— Donne-moi quelque chose à lécher !

C'est le feu qui me parle. Elle et moi, on est à la campagne et on se la coule douce, onctueuse. Je mets une bûche dans le foyer, histoire de satisfaire les flammes. Pour satisfaire Elle, je sais de plus en plus comment m'y prendre et ne pas m'y prendre. Elle m'enseigne, me met au courant. Elle m'a déshabillé. Nu, la luminosité du feu me détaille en toute innocence. Elle me touche, me caresse, me désire. Je suis beau. C'est Elle qui le dit et semble le penser car je bande comme c'est pas possible. Du plomb liquide coule, déborde, inonde. Insinuant, le goût d'Elle me fait presque mal. *Pleasure-pain*, disent les Anglais. Dans l'étau de mes cuisses, la poitrine d'Elle chauffe, fait des siennes. Mes remparts et murailles tombent. Un autre univers. Une autre dimension. Elle y va directement mais avec chaleur. Aucun geste diffus, aucun geste brusque. Ses cheveux ourdissent un génial complot sur mon ventre. Je fais des bruits goulus et extatiques. Je suis dans le courant d'une rivière et je me laisse dériver. Ma chance, l'occasion, le flamboiement vermeil, je prends tout ça, je me saisis de tout ça, je me laisse faire. Opiniâtre, le désir prend les devants. Comme un alcool chaud, comme une liqueur à remous irrésistibles. Nos dilutions s'éprennent l'une de l'autre. Nos peaux sécrètent une sueur qui bouleverse nos narines. On dégèle, on se dissout, on fait exprès. C'est la grande sinécure, les vacances, le Brésil sans les douanes.

C'est l'enthousiasme complet. C'est presque la révélation. L'haleine d'Elle sent si bon que je n'ose pas respirer à côté, loin de sa bouche. Je n'ai besoin d'aucune délicatesse, ni d'aucune force motrice, tout arrive d'on ne sait où, avec prodigalité. Carnaval de cellules. Festival de nerfs et de tendons. Fête de muscles et d'épidermes. On n'a rien à voir là-dedans, on a tout juste à prendre et à convertir en énergie, en tolérance, en abondance. Sans s'en rendre compte, on thésaurise, on remplit nos escarcelles, on prospère. On pourra encore attendre l'été.

* * *

Quand on n'a rien perdu, malgré qu'on aurait souvent eu envie d'en perdre des bouts, quand tout est entré en soi et y a fait sa place, y a pris ses aises, y a même élu domicile, quand son ordinaire, son quotidien, son au jour le jour doit s'arranger avec les misères et les tristesses floues qui, par inadvertance, sont entrées en soi, alors vaut mieux appeler bonheur le tout, l'entière et intégrale histoire de fou, la totalité du voyage inégal. Parce qu'autrement, c'est le désespoir vague des indécis et des inquiets et ça devient vite irréductible. C'est l'ennui, le statisme, l'absence de rêves et de moyens de s'en sortir et, qui sait, peut-être même le haut mal, l'intolérance, le fascisme et vous connaissez la suite.

Il se pourrait bien, comme je me dis des fois, que la mémoire, ça serve à autre chose qu'au remords, à l'insécurité, au doute. Il se pourrait que ça oriente, que ça fasse contourner les écueils, que ça rajuste la trajectoire. Question de s'être fidèle, de ne pas s'oublier, de ne pas toujours tout recommencer pour rien, comme on continue encore de le faire dans les écoles du monde. Pauvres petits à qui on donne encore la responsabilité de tout, faute de pouvoir, vouloir la prendre soi-même. M'enfin. Qu'est-ce que vous voulez, les endroits où murmure l'eau et où coule le lait de la sagesse et de la sensualité sont encore rares. On a peur de ces espaces insensés au sein desquels les enfants se passionneraient pour un jeu compliqué et qu'ils compliqueraient et solutionneraient selon leurs règles, accordées à leur merveilleux instinct. Un jeu qui resterait un jeu, mystérieux, grave, enlevant, comme veut être la vie. Bien plus simple de leur donner des additions et des soustractions, hein ?

Vivement ! une île ou alors une forêt ou bien une montagne mais quelque part de vierge et où les autres ne sont pas en majorité, hein, les tout-petits ? Pour se souvenir et inventer la suite du monde...

* * *

La lumière entre et vient tout éblouir. On a envie d'aller jouer dehors, courir et respirer, en avoir mal aux yeux de cette clarté insolente. La neige, on dirait soixante milliards de parcelles de nacre, une plage infinie, sans océan ni bateaux, un incroyable piège lumineux. C'est le plein coeur de l'hiver et je songe au sud, à l'autre éblouissement, aux irradiantes Caraïbes. Ces paradis où tout va affreusement mal et où la grande paresse s'étale et soulage de bien des misères. Les crépuscules rouges, les midis écrasants, la nuit indigo. Le balancement facile des palmes. Le vent tiède de cinq heures, l'odeur multiple du soir, la tendresse claire des matins, l'opulence du soleil. On marche et on ne sent plus le poids de ses membres. On boit et la soif demeure parce que la chaleur demeure. On s'arrête et on recommence à se désaltérer, comme une occupation précieuse parce que inassouvissable. On est proche de sa peau à force de la sentir, de l'enduire de belle eau turquoise et salée, à force de la faire cuire. On s'étonne de ne pouvoir penser à rien, de n'être plus capable de réfléchir. L'été nous consume et nous sommes en février ou en mars. Une euphorie presque mesquine s'empare de nous, les autres, ils gèlent, ils luttent contre les tempêtes, ils sont en hiver. Et nous, on ne s'en veut même pas d'être en pleine révolution tropicale, en plein soleil, en plein mirage. On se demande comment il se fait que ceci ou cela nous a presque amenés au bord de l'abîme. On ne saisit plus très bien pourquoi on a presque voulu mourir le mois précédent. La pensée est mise en berne. Les blessures reçoivent toute la vitamine C ou D nécessaire. Les mutilations avalent la lumière comme un remède. Bref, c'est la grande survie, le grand écart, la paix. Ça chauffe et ça fait fondre. Ça ramène. Ça guérit de bien des circonstances. Ça replace, ça rend glissant, ça fait du bien. Des minutes éternelles sous l'eau, dans sa transparence bleue, à sentir l'air vous manquer, la vie, le principal. La respiration prend de l'élasticité. Savait-on qu'on pouvait aspirer autant d'air, le faire pénétrer si loin, le sentir pétiller jusque dans sa nuque ? Pensait-on pouvoir rire à fendre l'âme parce que cette grosse vague, qu'on n'a pas vue venir, nous a renversés, nous a entraînés dans sa violence émeraude, nous a presque tués ? Aurait-on pu imaginer perdre la tête de si bon gré uniquement parce que le ciel est toujours bleu et que les couleurs nous sautent aux yeux ? La notion du temps ne nous suit pas jusque-là où la notion de l'espace nous attendait. C'est fou mais l'amour ne nous manque même pas. On se contente aisément de le chanter, de l'appeler, de s'y préparer, en polissant son coeur et son corps. Sur la plage, un matin, c'est écrit : *Le bonheur est comme un papillon : il vole sans jamais regarder en arrière.* Et la mer vient effacer cela aussi. Rien ne dure. On en est si vivement persuadé soudainement qu'on va même jusqu'à faire les choses jusqu'au bout. On ne veut plus jamais être triste parce qu'on connaît la beauté du monde. Parce qu'on est tout seul et qu'on n'a tout à coup besoin de rien. Même en sachant que cette gastronomique absence de pesanteur ne durera pas plus que le reste, on s'y adonne, s'y baigne, s'y abandonne. Je suis exotique et savoureux ce matin, hein ? C'est la réverbération de la lumière d'aujourd'hui sur mon humeur. C'est le goût des chansons, et de n'avoir rien à faire qui vient à nouveau m'ensorceler, comme ça, parce que j'ai de la mémoire et que quelquefois, c'est agréable. C'est aussi la chaleur d'Elle encore sur moi, en moi, comme une tranquille insolation. « Habille-toi, on va en raquettes ! »

C'est Elle. En foulards et en tuque, en amour avec moi, en amour avec la vie. Je chausse mes raquettes, je suivrai Elle dans la neige. Je voyagerai avec Elle entre pins et sapins. Je vous laisse. Elle est déjà dehors et me fait de grands signes impatients.

> *Il est un port sur la côte*
> *maisons blanches, bleues et roses,*
> *une ville tout entière, éclatante de lumière...*

* * *

Toute l'affaire, toute l'histoire, quelquefois on en a ras le bol. D'être toujours dedans, jamais à côté, jamais contents. Certaines envies de crier ne s'en vont jamais. Incurable, le goût d'être heureux concocte ses philtres qui fermentent des effervescences en dévoilant nos intoxications. Il a beau faire pleine lune ou gros soleil, il nous manque quelque chose pour être tout à fait là. On ne prend pas son essor, on rase le sol, on ne décolle pas. Espiègle et polisson, le temps vient nous faire son numéro. Comme c'est le seul dieu qui nous reste, il arrive qu'on lui laisse placer un mot, chanter son air désopilant, qu'on lui fasse des incantations : « J'ai au moins ceci ou cela qui fonctionne moins bien qu'avant. J'ai mal ici et là et je n'ai jamais eu mal avant. Mes cheveux blancs paraissent et luisent quelquefois. Ça me tire dans le dos et je n'ai jamais mal d'habitude. Je suis fatigué et je ne me

95

rétablis pas facilement. » Etc. On voudrait protester mais on ne s'en sent pas la force.

Mon amour, même si je te dis tout, ne t'en va pas. Même si je parle à côté des mots, reste là. Même si je ne suis pas un cadeau ni une récompense, laisse ta main sur mon ventre. Même si je suis péremptoire et divaguant, ne te retire pas de ma course. Même si certaines de mes attitudes sont compassées, suis-moi et laisse-moi te suivre. Infailliblement, on trouvera quelque chose, on sera bouleversés par quelque chose, on entrera quelque part où on était attendus. On se couchera au pied d'un arbre, ensemble. On ne sera pas gênés d'être aussi bien. Ni la danse ni le chant ne nous paraîtront difficiles. Ni la peur ni la tendresse ne nous feront des mystères. Je ne serai plus fantasque et tu ne seras plus occupée. Je connais des sérénades qui rallongent le plaisir. Je connais aussi des mélodies rares, des airs qu'on n'entend pas souvent parce qu'ils rendent neurasthéniques quand on les écoute sans les entendre. Je sais aussi rester longtemps sans bouger et les histoires, que je raconte après, sont pleines de beaux sentiments contagieux. Mes épanchements tristes seront simples et de courte durée parce que nous aurons tant de choses à ne pas faire. Nous nous croirons heureux et nous le serons. Nous n'inventerons plus rien, tout sera là et nous n'aurons qu'à cueillir, qu'à nous emparer de toutes les choses attrayantes. Si ça n'existe pas quelque part, c'est parce que ça existe en nous et nous ne le chercherons plus. Nous n'aurons pas trouvé, nous aurons cessé de courir, fouiller, apprendre. Nous en saurons tellement que nous aurons tout oublié. Nous ne serons sous l'emprise d'aucune drogue, d'aucun philtre magique, d'aucune angoisse. Nous y aurons mis le temps et nous y serons enfin, sains et saufs et débarrassés du latent et de l'imminent. Tout arrivera sans amertume, mais tout arrivera quand même. La vie n'aura pas changé mais on aura cessé de la décortiquer, de l'enlaidir. Nous n'aurons plus aucun symptôme puisque la maladie n'existera plus. Je t'aime et j'ai pris un verre. Pas un verre de trop cependant, il y en avait trop, bien avant que je débouche la bouteille. Tu vois, quelquefois, je me heurte à certaines éventualités. Ne te réveille surtout pas. Ton sommeil a bon caractère, il me laisse divaguer sans m'interrompre. Je donnerais tout le pétrole du monde, que je n'ai pas, pour continuer d'être heureux avec toi. Je sais bien que ce n'est pas convenable mais j'irais même jusqu'à me payer un énorme chagrin d'amour si tu me quittais. Rien que pour te faire revenir. Je dis des bêtises fiévreuses. J'en ai besoin. J'en ai plus que la mesure à dire, j'imagine. J'ai ramassé beaucoup de coquillages et de choses inutiles et parfois ça m'empêche de dormir. Mais ça ne m'empêche pas de m'allonger près de toi et le reste et le reste.

Quand je suis né, j'étais tellement peu sûr de vivre qu'on m'a délicatement mis dans le four du poêle, pour que je revienne. Tout simplement, il m'arrive encore d'être peu sûr et de désirer la chaleur ressuscitante du poêle. Amen.
— Tu dors pas ?
— Oui, oui. J'arrive.
— J't'aime.
— Tu peux pas savoir comme moi aussi !

* * *

— Qu'est-ce que tu fais ?
— Je reste enfermé chez moi. J'écris.
— Qu'est-ce que t'écris ?
— Je sais pas encore ce que ce sera...
— Tu viens pas prendre un verre ?
— J'sais pas.
— Comment ça va avec Elle ?
— Bien. Très bien même.
— Vous vivez ensemble ?
— Oui.

— C'est drôle. Moi, j'arrive pas à vivre avec une bonne femme. Je veux dire, dans la même maison.

— C'est difficile. Moi-même, j'aurais pas cru. Mais avec Elle c'est différent...

— Ouais... Tu vas pas te marier quand même ?

— T'es fou !

— T'as changé beaucoup.

— Comment ça ?

— J'sais pas... Écoute, appelle-moi quand tu seras un peu plus en air de jaser. O.K. ?

— Oui, oui.

Et André s'en va. Et moi, je le laisse partir. Il titube un peu dans le restaurant. Il me fait son célèbre numéro de gars saoul. Et il le rate. Pour me faire rire. Au moins sourire. On n'a pas trouvé grand-chose à se dire ni grand-chose à faire. André, ça l'énerve de me voir calme, décontracté. On a mangé de la tortue ensemble dans la brousse du Yucatan, alors c'est sans intérêt ce qu'on peut se dire au comptoir d'un restaurant, l'un en face de l'autre, comme deux jeunes bureaucrates en *break syndical*. À coeur ouvert, nul n'est tenu. Surtout pas quand l'amour en a frappé un des deux et que l'autre hésite encore entre la Colombie et le cinéma. Sans exploits ni médailles, la conversation ne fait pas long feu. Quand on aura fait chacun notre tour du monde, peut-être qu'on pourra alors s'asseoir et parler. Quand on aura battu tous les records à battre, quand on sera sortis vainqueurs de nos combats respectifs, quand les poules auront des dents, quand l'eau circulera sur les ponts, etc. Courir les grands chemins, goûter toutes les sortes de bières, refaire le monde à partir de nos désillusions personnelles, braver les vagues dangereuses sur le pont d'un bateau en Méditerranée, se saouler entre Madrid et Algeciras dans un train, couchés entre deux wagons, escalader les flancs abrupts d'une montagne guatémaltèque, crier sur les toits, prendre la guitare et sérénader dans la cour d'un petit hôtel mexicain, ça allait tout seul, c'était facile, c'était beau. On s'aimait à travers tout ça. On se connaissait à travers tout ça. On ne se posait pas de questions. On accumulait les réponses. On explorait très loin et très haut. On prenait des risques, des paris, du bon temps. Il nous restait l'Himalaya et les Indes, la Chine rouge et Miami à voir, ensemble. Le prochain marathon olympique où on voulait s'inscrire tous les deux. Une auberge dans le comté de Charlevoix à ouvrir plus tard. Le camion à remonter pour le prochain voyage. La mer à traverser, la route à prendre, monts et merveilles.

Le campari-soda ne passe pas. Les jacassements tout autour me donnent mal au coeur, m'étourdissent. Je vieillis. Je deviens casanier. J'écris un livre. Je ne bouge plus. Je passe l'hiver dans un lit, en raquettes, devant une machine à écrire. Je m'assagis, je prends du poids, je fais faux bond. André et moi on avait l'habitude de dire : « quand on ne part pas, rien ne change. » Je regarde Montréal, les gens, les rues : rien ne change. C'est terne et ça s'agite. C'est lourd et ça parle fort. C'est gris et ça chante faux. L'hiver est long, la grippe court toujours, le coeur n'y est pas. L'excitation, ce sera pour avril ou mai. En attendant, on règle des affaires, on lit Laborit, on change le mal de place.

Décidément ! Chère Elle, je n'ai plus d'ailes. Un cocon en désespoir de vol. Un ti-cul en retenue. Un grand singe de course estropié. Je n'aurais pas dû te voir, André. Tu ne comprends pas. Moi non plus, d'ailleurs. J'ai peut-être des choses à raconter. Des choses à vivre avec Elle et qui briseront d'autres limites, qui franchiront d'autres frontières. Je ne sais pas. Tu m'as mis deux cents puces à l'oreille.

Je crois que tu m'as même mis quelques bâtons dans les roues. La veillée est jeune, je vais rentrer et attendre Elle. Quand Elle sera là, j'affronterai les périls, je me dégourdirai, j'irai droit au but. Avec Elle, difficile de rester longtemps léthargique.

* * *

L'Aventure, c'est quoi au juste ? Et pourquoi est-ce que ça attire et que ça effraie tellement ? Serait-ce parce que l'Aventure est un corridor qu'on n'entreprend qu'à deux ? Parce que seul, on se perd dans ses hallucinations et qu'à plusieurs, on sent que ça vire vite à la plaisanterie ? Il n'y aurait qu'avec LA personne possédée par la même folie que soi qu'on peut le traverser, ce corridor dangereux ? Parce que la vraie vie brille au bout, à l'extrémité de ce corridor, peut-être ?

Arrangez ça comme vous voudrez, l'Aventure c'est toujours à deux que ça se vit. Que l'un mène l'autre ou que l'autre mène l'un. Et le grand risque à prendre c'est d'espérer qu'on n'est pas fou et qu'on n'est plus seul. Alors, approchez dragons, tromperies et contrefaçons. Le corridor alors n'est plus un labyrinthe. Il conduit quelque part où, même aveugles, on désire aller.

Notre amour est mon Aventure la plus aventureuse. Tout ce que j'y trouve et tout ce que j'y trouverai, je le cherchais ailleurs, dans les petites aventures.

Et le corridor n'est plus un corridor. C'est une Aventure.

* * *

Elle a quelque chose de cutané et de sous-cutané qui est irrésistible. Elle m'échardonne, me débroussaille, me défriche. Je prends ses inflammations et Elle prend mes torpeurs. Et vice et versa. Elle prend mes clameurs et je prends sa discrétion. Il ne s'agit pas d'une convention tacite. Il s'agirait plutôt d'un apprivoisement et qui n'engage pas à l'accoutumance. J'imagine que nous remplissons les bonnes conditions, que nous étions prédisposés.

Sans doute, serons-nous capables de vivre l'un avec l'autre sans vivre l'un pour l'autre. D'avoir des enfants et de les laisser tranquilles. De vieillir. De nous faire amis à la vie, à la mort. Pourquoi pas ? Ce qui nous en empêcherait n'est pas né, n'est pas de taille, n'est pas de ce monde !

* * *

À mon grand étonnement, je cherche encore et toujours l'innocence, l'enfance, l'immunité. On me le fait remarquer sur toutes sortes de tons. Je suis un fabulateur, un gaspilleur d'émotions précieuses, un raconteur de belles histoires engourdissantes. Je désire réintégrer l'utérus premier, le vrai, le seul, dont le confort me hante irrémédiablement. Je ne m'émancipe pas, j'essaie de me naturaliser enfant-adulte avec tous les privilèges chauds et mouillés et aucun des désavantages secs et pointus. C'est clair, je cherche à séduire pour, envers et contre tous et toutes, demeurer foetal, bien protégé, bien à l'abri, amande tendre au sein du fruit amer. C'est d'ailleurs pour ça que j'aime tant l'amour. Pour l'antre, la retraite, la couverture qu'il m'assure. Pour le cercle chaud et à toute épreuve qu'il trace autour de moi. Pour sa périphérie sans arêtes ni aspérités. Pour son humidité dans laquelle j'évolue bien, souplement, au rythme marin de la féminité d'Elle. Il est bien évident que je ne veux pas naître. Que je m'obstine dans mes limbes, que je m'étiole dans mes eaux increvables, que je suis bien dans mes humeurs aquatiques. Qu'il m'a suffi d'apprendre à nager. Que me tenir debout ne m'intéresse pas. Que je refuse d'être fini, limité, délimité. Que l'idéal serait d'être hermaphrodite. Que je suis et désire rester obséquieux, patelin, doucereux, mielleux, tendre. Que je ne veux, sous aucun prétexte, sortir de ma corolle tiède, embau-

101

mée et rencontrer le monde avec toutes ses irrégularités déconcertantes. Bref, il ne fait pas l'ombre d'un doute que je n'aime pas vraiment Elle, pour la simple et bonne raison que j'ai besoin d'Elle, que je la force à des générosités auxquelles Elle n'aurait pas songé toute seule. Que je suis un enfant de choeur tyrannique, despotique et manipulateur de coeurs de mamans. Merde ! Changez le disque ! Aimez-vous les uns les unes ! Faites quelque chose ! Assumez votre grandeur d'âme ailleurs que sur mon dos et le dos d'Elle !

* * *

Ce matin, je me suis levée pour rien...

Elle s'est levée pour rien, la fille. Et elle vient nous brailler ça en pleine face, nous qui sommes encore couchés. Faut du culot et surtout pas mal de temps à perdre. La radio est réparée et c'est des insalubrités pareilles qu'elle nous chante. Ça donne envie de la recasser, de lui couper définitivement le courant, de la vendre pas cher et au premier auditeur assidu venu. Le froid attaque ce matin. Picotements, frissons, misère noire à sortir des draps et couvertures. Ma vitre est une forêt de givre. C'est figé et ça fige tout : la peau, les os, les élans. Sursis, délai, jeux de pieds, de mains et de ventres dans la tiédeur du lit. Je lutte avec Elle mais c'est contre les éléments. On carbure. On essaie d'allumer le feu. On joue à la fournaise musicale. On n'en est pas à une débilité près, comme vous devez commencer à le savoir. Je n'ose pas la lécher, de peur que ça gèle et forme un miroir sur sa peau qui reflétera mon visage crispé, mon air fou. Elle ne s'est pas rendu compte que j'ai débranché le réveil pour qu'elle ne pense pas à être en retard. On a toute une grosse heure pour trouver un moyen sûr de quitter le lit sans prendre en glace, en pain, en statue de sueur gelée. Neige-t-il ? Fait-il soleil ? La forêt de givre ne laisse rien filtrer. Sans savoir le temps qu'il fait, nous prenons du bon temps. Nous n'avons besoin d'aucun dieu pour faire notre prière matinale. Le chauffage s'est arrêté, c'est sûr, nous faisons de la buée. Nous faisons des signaux. Nous essayons de faire savoir au monde, de l'autre côté de la forêt de givre, que nous sommes encore vivants et encore fous. Mais la forêt de givre est une forêt enchantée qui intercepte les cris de détresse et les transforme en roucoulements. On ne s'en plaint pas. Pour une fois que ça joue en notre faveur, on ne va pas faire les difficiles. Habiles, experts dans les cas graves, dans les temps de crise, mes bras entourent Elle, la retiennent prisonnière, la réchauffent. On a froid partout, sauf aux yeux. Nos deux corps tordus forment une espèce de monstre qui est sur le point de lancer des flammes. Un beau dragon qui n'a rien de fabuleux, c'est nous deux, pris, emmêlés et qui rions à faire fondre la forêt de givre. Même dans le malheur, on donne la prépondérance au plaisir. C'est injuste mais c'est comme ça. Une légende en attire une autre et cette fois c'est le téléphone qui sonne. On ne répond pas. D'ailleurs, l'appareil est trop loin, on succomberait au froid en s'y rendant. Si c'est la chanteuse de tantôt qui appelle à l'aide, qui veut se suicider, c'est bien fait pour elle.

— Mon diable veut aller dans ton enfer !
— Il est gelé, le pauvre ?
— Oui. Regarde, il est tout raide.
— Hon ! Que ça fait pitié ! Laisse-moi le frotter, le masser, le frictionner !
— Pas trop fort ! Tu vas le casser.
— Y casse pas, regarde, y plie !
— Aïe !

Même boiteux, même éclopé, mon milieu du corps sait ce qu'il veut. Elle aussi, puisque c'est mouillé, enfin chaud, brûlant même. Que j'aime son rire ! Une vraie résurrection ! Un authentique bel canto ! Un démoniaque gala de bienfaisance ! Je passerais bien toute la journée, moi, dans cette forêt de givre, tout enchantée soit-elle !

* * *

La frayeur des choses, ce qui dort au fond de chaque bon apôtre et de chaque triste sire, l'effroi de la mort, comme un piège embusqué quelque part, un peu plus loin, l'absolu, inexorablement, tout ça nous engage à fuir, à inventer des contes, à se lancer éperdument dans des aventures bouleversantes. Provisoires mais bouleversantes. La paresse aussi. On s'échine à défier le danger parce qu'on a la grande frousse d'être pressentis pour la prochaine mutation et qu'on désire y réfléchir, y songer plus longuement, l'éviter peut-être, si possible. Mais certains jours, ça monte à l'assaut, en dedans de soi, avec une telle véhémence que l'activité s'arrête un moment, que le temps ralentit, que l'inconcevable se met à devenir concevable. Oui, oui, je m'en suis raconté des bonnes et des moins bonnes, j'ai fait des détours que j'ai pris pour des étapes, je me suis engagé dans des culs-de-sac ensoleillés et pleins de couleurs. Voilà quand même où j'en suis. Ce n'est pas de ma faute, tout m'intéresse, me passionne, tout me distrait aussi. Un visage devient vite admirable, un paysage m'éblouit parfois jusqu'à m'amener au bord d'une contemplation abîmante, un verre de vin me rend quelquefois la parole et les gestes, etc. Que voulez-vous, il m'arrive souvent d'être heureux d'un bonheur qui me fait violence, au point que je m'y laisse aller. Et que dire de l'énorme secret de l'amour physique ! Les choses chuchotées et qui n'ont pas de prix, ni de mots. Le courant brûlant, le désir, la joie de nos corps qu'on méprise parfois, au point qu'il n'y a que la gymnastique suédoise ou le jogging pour nous y ramener artificiellement. Tant on a oublié le véritable exercice, celui qui délie, qui prolonge la belle docilité de la peau et des muscles, la seule vraie bénédiction qui nous soit donnée, le plaisir. Le seul liniment qui fasse plus que déposer sur notre surface une chaleur provisoire. La seule preuve vivante et irréfutable qu'il existe encore un langage, un moyen doux ou violent mais non analytique de communiquer, de parler, de se comprendre.

Mais on veut se faire consoler, on ne veut pas se comprendre. On demande de la compassion, on ne demande pas de la tendresse. La beauté ne se donne plus. Elle se vend, assez cher, merci, dans des repaires aux noms empruntés à une époque de faste et de sincérité qui n'est plus. L'animal humain ne veut plus être un animal. Ça le ramène trop en arrière. Ça le ramène trop à un passage de sa glorieuse évolution où il sentait les choses sans les comprendre, où il était heureux ou malheureux, très concrètement et très sauvagement. Le bestiaire d'amour d'aujourd'hui ne comporte pas beaucoup de sensations nouvelles, d'expériences éclatantes ou pouvant provoquer des éclatements. Bien des détails cliniques, bien des descriptions lamentables, beaucoup de photos, tout cela destiné à décaper la morale plutôt que la peur. Peu d'érotisme, peu d'imaginaire, de laisser-aller neuf, inventif, directement relié au corps, à son exultation naturelle, nécessaire, régénératrice. Faire l'amour avec quelqu'un qui est fatigué de le faire, c'est fréquent, c'est terrible, ça prouve que l'univers dans lequel on vit n'est peut-être pas destiné à rendre indifférent mais qu'il y arrive assez bien quand même. Pas nécessaire d'être authentiquement paranoïaque pour voir, sentir ça. L'autre ferme les yeux solidement et tâche de s'imaginer heureux sous vos mains. On a l'impression de vouloir faire partager quelque chose de bouleversant et d'immensément beau à quelqu'un qui s'en moque, le regard absent. C'est drôle. C'est encourageant. Ça épuise et ça émascule. Ça fait mal, quoi. Et ça ne facilite pas la confiance et l'abandon qui sont pourtant essentiels, indispensables. Ce n'est plus l'éblouissant dérèglement des sens. Ce sont nos cervelles qui sont véritablement et tristement déréglées. On dirait que parce qu'on n'a plus besoin aujourd'hui de faire des neuvaines, de faire des pieds et des mains, de risquer dangereusement sa vie pour bénéficier du confort, d'une existence décente, on ne s'adonne plus au plaisir qu'avec nostalgie, ennui, distraction. Et on en parle ! On en parle tellement que ça met la puce à l'oreille. C'est qu'on le fait de travers et qu'il ne nous traverse plus, ne nous permet plus la transparence, ne nous contient plus tout à fait. Un peu à côté, un peu abstrait, pas mal décevant, le désir ne se laisse plus aller jusqu'à prendre feu, prendre flamme, prendre vie, prendre le corps de l'autre. On ne cesse de s'offrir tout en se retenant. C'est pourtant doux et facile d'admettre la maladresse de quelqu'un quand on est sûr de sa sincérité. On recommence, on essaie une autre fois et alors ça arrive, ça vient, ça nous dépasse enfin. On peut alors ouvrir les yeux et regarder, voir la superbe épouvante dans les prunelles de l'autre et ne plus en avoir peur. Parce qu'elle est partagée, elle s'échappe, se cabre, nous pénètre et nous secoue à son gré, elle n'est plus épouvantable, l'épouvante. Elle est le meilleur de la vie, notre seule certitude, notre force la plus féroce. Notre façon la plus insolente, la plus impudique, la plus belle, d'échapper à la mort. La belle épouvante, c'est finalement ce qu'on a et ce qu'on est de meilleur.

Alors, pour ce qui est de l'inévitable, pour ce qui est de la mutation ou de la catastrophe prochaines, moi, je l'attends avec Elle. Je l'attends seul mais je l'attends avec Elle. Comprenez-vous ? Parce qu'en attendant, que voulez-vous, à deux, on garde les yeux ouverts et humides.

*   *   *

Douteux printemps dans les rues de la ville. C'est sale. Ça tache, ça ne fait pas de faveur, ça change tout. Les mines sont grises et les traits sont tirés. On ne peut pas, avec une pareille saison falsifiée, poser le problème du bonheur en des termes gracieux, attendris. C'est sous l'éclairage brutal de l'impatience, de l'inquiétude qu'il se profile, à demi transi, flou et éploré. J'ai marché toute la journée en frôlant des automates au teint délavé. C'est mars, c'est le temps mort, c'est l'en deçà de tout, l'absence de raisons pour agir, bouger, s'adonner à quelque chose avec un peu de couleur, si locale soit-elle. Le dégel n'est pas encore là pour vrai et le temps hésite entre l'exaspération mouillée et la ténacité froide. Bref, c'est l'ennui, la guerre lasse, le goût à rien. Elle n'y arrive pas plus que moi. Tous les deux, on se traîne, on est hébétés, on fait du spleen. Tous les deux, on hume l'air avec assiduité et névralgie. Il n'y a pas la moindre trace d'avril encore. Ni sous forme de bonnes odeurs ni sous forme de tiédeur affolante. Rien. Motus et boules de misère dans les carotides. Encore quelques siècles et ce sera l'été. Encore quelques frénésies de neige et ce sera le beau temps, avec ses aubaines et son soleil irrésistible. En rêver ne fait de mal à personne ! Se remplir d'espoir vert tendre quand tout autour est misérable, humide, rhumatisant, ça ne peut pas nuire ! Regarder le ciel qui, lui, a la couleur et la tendresse de toujours, ne nous étourdit pas. Ça facilite au contraire l'état de grâce, le désir, ça fait passer le temps. Alors c'est pour ça que Elle et moi, on s'exalte en se désennuyant. Même si le coeur n'y est pas. Ou presque. On s'amuse à se lire sur les lèvres, à se tresser les cheveux, à se détailler l'anatomie. Cicatrices et points noirs, vergetures et taches de naissance, tout y passe, tout est répertorié, examiné, classé. Et nous nous encourageons. On ne connaît rien l'un de l'autre et pourtant on est toujours ensemble à se toucher, se retoucher, se faire mille choses, se croire et s'en demander. C'est mince comme dossier. Et pourtant, on fait notre possible, notre part, notre affaire. On se regarde souvent dans les yeux et on laisse le courant passer, le temps perdre son poids et la mémoire lâcher prise. Et on recommence souvent ce petit manège polarisant. On a ainsi l'impression, parfois, d'être sur le point de tout comprendre, d'entrer dans le secret des dieux, d'être au centre de l'intérêt du monde. On sent que ça va venir, que tout n'est pas perdu et que même la tristesse peut n'être qu'un signe, un vieux réflexe, une mauvaise habitude. Les doigts d'Elle circulent comme des insectes léthargiques sur ma peau. Je couvre le corps d'Elle de faux bijoux, les siens, pour tout de suite après me rendre compte, fou de joie, qu'ils ne la parent pas davantage. C'est de baisers et de chaleur qu'on a tous besoin. Et non de friandises tels la dignité, le succès, la sécurité. Elle et moi, on passe notre samedi comme ça, en drôle de méditation, en narcissisme réciproque et comique, en contemplation. On compte toutes nos chances et le chiffre est considérable avant même qu'on ait fait le tour des plus évidentes. Ça ne nous rassure pas, ça ne nous encourage pas. Ça nous fait du bien. *Rien de plus, bergère, rien de plus.*

> *Tonight you are mine completely*
> *can I believe the magic in your sight ?*
> *Tonight something beautiful is unspoken*
> *but will you still love me tomorrow*
> *tomorrow...*

Mais oui, c'est la radio. Avouez que des fois, elle tombe pile !

* * *

Quand ça vous pénètre jusqu'au bout, jusqu'au centre qui, on a beau dire et beau faire, reste fragile, c'est le répit, l'oasis, et c'est même le bonheur pour peu qu'on ne veuille pas l'étirer jusqu'à l'insensibilité. Que la fête ne s'en aille pas, hein ? Que les rhumatismes ne nous durcissent pas trop vite ! Que l'amour chaud ne tiédisse jamais ! etc.

Mais les questions, ce n'est pas nous qui les posons. Elles se posent et s'imposent toutes seules et à tour de bras. Nous évoluons tous à l'intérieur d'un complexe supermarché avec ses vides et ses reluisances dispendieuses. On aime tous comme on respire et on est tous aimés comme les autres respirent, que voulez-vous ? Et les autres respirent très souvent par petites inspirations saccadées, inquiètes, timides. C'est comme ça. Tout le monde n'a pas les moyens d'être emphatique. Tout le monde a ses turpitudes diverses. Chacun désire ne jamais en venir à l'album de photos amères. Celui qu'on ne pose même plus sur ses genoux mais sur une table, parce qu'il veut en dire trop long et que trop de trahisons sont intervenues. Beaux visages épanouis, beaux étés fous, belle fin de semaine à la mer, premiers pas d'un amour sublime et sur la logique de laquelle on a fondé l'espoir d'un futur de lumière qui, par le miracle renouvelé de nos coeurs pareils, sera à l'abri de tout le reste. Oui, l'album de photos aux souvenirs qui dévastent. Ça allait comme sur des roulettes et ça a marché comme ça un bon bout de temps. On ne résistait à rien. On s'aventurait, on se déboussolait, on pouvait tout, on était amoureux. Après, qu'est-ce qu'on a bien pu faire ? On a voulu construire, se mettre à l'écart et s'habituer doucement à ce que ce soit tous les jours pareil et différent, à ce que la vie nous soit bonne malgré qu'on la sache dure depuis toujours. Et on se prolonge en espérant que la nouvelle génération déclenchée rendra tout possible avec sa jeunesse et ses utopies. En espérant qu'ils ne seront pas assez distraits pour se laisser avoir comme nous. Avec la même facilité que nous. Avec la même lâcheté que nous.

Et ce soleil sur les rochers rouges des îles de la Madeleine ? Et le vert tendre des jeunes pousses au bord de la rivière aux Serpents, avec toi ? Et l'orage étincelant de cette nuit consacrée de juillet, ma peau, ta peau rivées, succulentes, inassouvissables ? Pour n'avoir eu lieu qu'un moment, tout ça s'incruste, se produit à nouveau dans nos rêves de jour. Tout ça s'apprête déjà à mentir, à faire mal quand l'album est refermé et qu'on reste en proie au délire secret de la mémoire.

Et ces Roméo et ces Juliette qui hurlent en sourdine en dedans de nous et qui crient quand même et toujours ceci, aimez-vous les uns les autres, les uns sur les autres, les uns au travers des autres ! Parce que c'est la seule façon, album amer ou pas ! Beaucoup à gagner et pas mal à perdre, si vous voulez. Mais il n'y a que l'amour de quelqu'un d'autre ou pour quelqu'un d'autre qui puisse nous servir de bonne aventure sur cette terre d'incertitudes. Non ?

Croyez-vous qu'on se regarderait, qu'on s'approcherait, qu'on se toucherait comme ça Elle et moi si ce n'était pas NÉCESSAIRE ?

* * *

Savez-vous quoi ? Au fil de la plume, c'est bien beau mais où se trouve l'essentiel, le principal, le sens ? Voilà que je panique. C'est-à-dire que je m'interroge. Les questions habituelles : où je vais, où ça mène, à quoi ça sert, etc. Vous constatez mon désarroi ? Ne m'aidez pas surtout, je risque alors de tout perdre. Mon originalité et mon innocence. Mon talent, quoi. Ma langue et ma liberté. Mon mutisme et ma tendresse. Mes mots et ma musique. Mes pas et mes tourbillons. Bref, si vous vous en mêlez, j'aurai trop de mal à me rendre jusqu'au bout. Trop de scrupules, trop de précautions, trop de gêne. Trop de timidité et trop d'insouciance. Il se peut même que j'aille jusqu'à tout démentir et vous blesser. Car, enfin, vous avez été assidus, très gentils, polis en tout cas. Alors, c'est pas le moment de vous dire que je n'ai encore rien dit. Du moins en ce qui me concerne. Je vous ai lancé des choses. Je vous ai donné des indices. Le plus clair et le plus flou de moi-même. C'est peu, j'en conviens, mais c'est tout ce que je peux faire, vu les circonstances. Et c'est quoi les circonstances ? C'est Elle et c'est moi. C'est notre amour. C'est surtout mon chemin, ma route, mes tunnels. Ma solitude et mes drôles de débouchés. Mes fables et mes dévoilements. Mes enjouements. Ma façon à moi d'être intarissable et obsédé. Comment puis-je me définir sans parler de ce qui n'est jamais pareil ? Parce que je change. Chaque jour me voit autre. C'est un virus que j'ai attrapé lors d'une séance de cinéma-vérité qui dure depuis maintenant trente ans. Ou presque. C'est vous dire que j'ai de la difficulté à avoir de la méthode, de l'ordre, du bon sens. À tour de rôle, les intermittences interviennent. Les choses de la veille et celles du lendemain, vous savez ? Les impondérables et les certitudes peu sûres. Toute l'affaire, quoi. Il faut que je sois honnête, je n'ai songé qu'à moi. Et à vous. Mais dans l'ordre, moi, puis vous. Je n'ai pensé qu'à mon contexte, ma vie, mes chances et mes empêchements. Je vous ai amenés sur des pistes où on ne se promène pas sans craindre des rencontres. Pas vrai ? Au risque d'apprendre que mes prétentions vous ont fatigués autant que ma sincérité, j'attends de vos nouvelles. Sous peu et sous la forme que vous voudrez. Ça vous va ?

Entre-temps, ma vie continue et se multiplie. Ma vie est innombrable. Je me répète peut-être mais je ne suis jamais pareil. C'est comme ça. Je peux aussi vous parler de tout ce que j'aurais voulu, si ça peut vous soulager de ne penser qu'à vous et à vos ailes brisées ! Allons-y ! J'aurais aimé et voulu comprendre plus vite, plus tôt, certaines évidences et ainsi, paraître l'être de la circonstance plus souvent, et avec plus d'enthousiasme. J'aurais souhaité chanter et que ma voix sincère et vibrante parvienne à émouvoir, persuader, ravir. J'aurais énormément apprécié ne pas servir aussi souvent la messe dans ma prime jeunesse. Peut-être aurais-je évité, alors, de confondre constamment la serviabilité et la dévotion, qui, elle, est une vertu tordue. J'aurais aimé que mes parents soient présents à autre chose qu'à ma fragilité. Je crois que j'aurais pu, alors, devenir un inquiet plus décontracté, comme certains. J'aurais terriblement voulu savoir des choses sans les apprendre. Presque autant que j'aimerais en oublier certaines, aujourd'hui, sans m'arracher la cervelle. J'aurais aimé être proche des animaux à tout bout de champ et sans allergies. J'aimerais également, de temps en temps, rire moins fort et pleurer plus facilement. Histoire de mettre en équilibre mes inconséquences et mes rêves. J'aurais voulu très souvent me faire comprendre à demi-mot ou, tout au moins, sans m'expliquer et tout gâcher. J'aurais préféré ne pas si fréquemment entendre raison. Afin d'aller jusqu'au bout de certaines de mes fredaines qui cachaient peut-être des nouveautés déconcertantes, comme ça s'est déjà produit dans l'histoire et dans ma famille. J'aurais apprécié aussi qu'on me laisse seul quand l'horizon n'était gris foncé que pour moi. Comme ça, je serais passé au travers plus aisément. J'aurais aimé que le pique-nique dure plus longtemps. Je parle de mon enfance. Je parle de soixante ou cent journées inoubliables et qui me font faux bond à chaque fois que j'essaie de les reconstituer. J'aurais désiré que les cris et les gros mots me viennent plus facilement quand je n'en pouvais plus et que je me réfugiais dans le silence de la remise, parmi la senteur du tabac que mon grand-père y faisait sécher. C'est dans cet asile odorant que j'ai connu mes premières secousses amoureuses et tragiques. J'aurais aimé, comble des combles, qu'il ne se trouve pas sur mon chemin autant de faux prophètes et de détraqués sentimentaux et philosophes. Ainsi, je serais parvenu à l'illumination du seul fait d'aimer et d'être aimé, quand bon me semblait et leur semblait.

J'aurais épouvantablement aimé savoir aimer. C'est-à-dire savoir leur donner autant que je recevais d'eux et d'elles et, surtout, savoir tout risquer quand il le fallait. J'aurais donné n'importe quoi pour savoir parler aux oiseaux comme savait si bien le faire mon ami Jean-Pierre Deschênes. Lui, il était capable de les avoir dans le creux de sa paume, à son gré. J'aurais risqué le meilleur et le pire pour ma cousine Claire. Mais elle s'est mariée trop jeune. Elle a opté pour le pire et m'a laissé là avec le meilleur, déchiré et sans réplique. J'aurais fait des pieds et des mains pour elle. Je n'en ai pas fait assez, faut croire. En fait-on jamais assez ? J'aurais donné une fortune, que je n'avais pas, pour voir Paris avant le moment où je l'ai vu. J'aurais sans doute compris alors ce qui en faisait une cité bouleversante et extatique. J'aurais aimé, voulu, désiré, souhaité ceci et cela encore. Et plus. Et encore plus. J'aurais même aimé savoir écrire. C'est vous dire ma tristesse et ma résignation !

J'aurais aimé savoir me taire aussi. Mais on ne peut pas tout savoir ni tout avoir, hein ?

*   *   *

Bon ! O.K. ! Mettons que je suis essentiellement fait pour les vacances, le soleil, les hasards juteux, l'insouciance perpétuelle. Mettons, j'ai dit. Mais, je ne peux pas croire que jouir des choses qu'on fait, au lieu de les dévisager, n'apporte pas une sagesse équivalente à celle que peut procurer l'attention démesurée, l'analyse, la peur ? Comme disait l'autre, mon ami (qui avait sûrement tort comme tous les excessifs) : « Si je n'arrive pas à avoir du plaisir par moi-même, personne ne l'aura pour moi. » Au contraire, ils trouveront le moyen d'avoir du plaisir sur mon dos, à mes dépens, à ma grande tristesse. C'est bête, hein ? Mais quelquefois, on nous force presque à être bêtes comme ça. Du moins on nous y incite. Résister, qui le peut longtemps ? Je suis un garçon bien ordinaire, moi.

Faut bien de l'humour des fois. Sans ça, ce ne serait pas toujours drôle.

Limpide. Ferme mais souple. Ah quelle gymnastique que d'essayer d'être parfait ! Mais si je n'arrive pas à me contenter moi-même, comment voulez-vous que j'en contente d'autres ? Ils peuvent être féroces, les autres, sous leurs déguisements chatoyants. Ils s'insinuent, s'introduisent, se présentent, apparaissent à tout bout de champ, s'imposent à perdre haleine et très à leur aise. Ils prétendent passer par là et ils y dressent trois tentes avant qu'on ait le temps de crier « ciseaux ». Et ils vous parlent comme on parle à de pauvres anarchistes égarés dans le mauvais chemin. « Tu ne me comprends pas, mon cher, ce que je veux dire, ce qui est important, ce qui compte, c'est... »

Mais comment voulez-vous les comprendre ? La plupart déguerpissent à la moindre véritable étincelle. Ils se réfugient à distance et vous observent. Et si vous voulez mon avis, on se sent facilement observé quand on aime comme moi et qu'Elle aime comme Elle. On m'observe, faute de m'aimer, faut croire. Et tout ça parce que je coule, je ruisselle et que quelquefois j'éclabousse mais ne frappe pas. J'irradie et ça les dépayse. Alors, ils s'éloignent encore un peu plus et ils m'observent à la jumelle. Et ils se trompent encore un peu plus, étant donné, justement, la distance.

Aujourd'hui, je dois dire que je les ai totalement désorientés. Ce fut très simple, je n'ai pas dit un mot.

* * *

Je lui ai sauté dessus ce soir. Je sais bien que ça ne se fait pas. Que c'est trop direct, trop clair, trop transparent. J'ai fait ça pour lui dire que je l'aimais, que j'avais un besoin effervescent de me rapprocher d'Elle, que j'avais mal à tout le reste. J'admets que c'est beaucoup. Je comprends que c'est extravagant, que ça manque de tact, de délicatesse. Que voulez-vous, je suis peut-être vieux à certains égards mais je suis encore très vert à certains autres. Et ça me pousse à faire des choses irréversibles et tendres. J'ai toujours un air, comme une chanson, un opéra sentimental, tout prêt à jaillir, fuser, venir tout éclabousser. Mes émotions furent longtemps retenues, alors elles ne savent plus ce qu'elles font quand Elle leur ouvre la porte. C'est gênant des fois et surtout, il paraît que ça porte malheur si on ne se laisse pas aller. Avec Elle, ça se déraidit, ça dérougit, ça vire presque toujours à l'amour, celui avec les spasmes, la magique ébriété, toute l'Italie et tout l'hiver ensemble qui exultent et dégagent une senteur apaisante, assouvissante. On a sans cesse besoin de se défanatiser des autres choses, de la vie en général, de tout le hasard, vous ne trouvez pas ? Toujours aux prises, toujours en bataille, toujours se retenir, ce n'est pas une vie. Le matin à quatre pattes, le midi sur deux pattes et le soir sur trois pattes. C'est à l'heure que le temps et sa cruauté nous ont. Faut des réactions, du goût pour l'herbe verte et les couleurs, des convulsions chaudes qui soulagent des harassements, des courbatures diverses, de la grande fatigue. Faut s'aborder intimement, se reposer, laisser nos salives et nos glandes lacrymales, nos sécrétions nous huiler, nous adoucir, laver l'épuisement. Faut parfois même aller jusqu'à se faire mal, jusqu'à tout se dire, jusqu'à se taire tout à fait et pleurer tranquillement, pour qu'advienne le meilleur, le principal, la paix. Ça prend de la simplicité et du coeur, de l'attention. Le détachement, la tiédeur, l'impartialité, pour d'autres ! Elle et moi, c'est tout de suite et sans déviations, c'est fatal et fou, c'est presque aussi maniaque que ce qu'on a toujours désiré, voulu, cherché. Ça nous ressemble tellement que ça nous dépayse. On va tellement loin certains soirs que les frissons qui nous envahissent, nous parcourent, semblent appartenir à un autre temps, une autre dimension. On a quelquefois la sensation vertigineuse d'être si légers que nous ne pourrons plus rien supporter, retenir, endurer. Que nous ne saurons plus revenir, reprendre les rôles et refaire certains gestes, mentir encore. C'est fort, hein ? Ça nous rend vulnérables comme tout. Sans parler du désir inouï qui suit l'assouvissement de l'autre désir, le désir de rester toujours et encore dans cet espace sans limites où on se reconnaît sans efforts, où plus rien n'est loin, plus rien n'est inatteignable, tout est proche, palpable, réel. C'est étourdissant et grave. Ça calme. Ça donne de l'importance aux yeux à un point tel que les yeux se mouillent, qu'ils luisent d'un éclat qui ne souffre aucune comparaison. La beauté circule comme si elle avait enfin trouvé sa place, son étrangeté naturelle, son mystère familier. Ne pas céder, ne pas en démordre serait ridicule, c'est plus fort que nous et c'est brûlant. On danse sur un volcan, on est aspirés, on ne s'appartient plus. On se donne, comment voulez-vous qu'on s'appartienne encore ?

— Je suis bien avec toi.

— Tu m'as presque fait mal et c'était bon.

— C'est avant que tu sois là que ça me faisait mal, moi.

— Avant que tu sois là, je ne faisais que répéter des vieilles affaires, chanter faux, être exaspéré.

— Avant que tu sois là, tout était illusoire, compliqué, uniforme.

— C'est quand t'es pas là que je m'observe et me retiens.

— C'est quand t'es pas là que j'ai peur de moi, que je m'agite, que la fatigue me gagne.

— C'est quand t'es pas là que j'ose pas pleurer et que ça s'accumule, que ça me bouleverse sans m'épanouir, comme une maladie.

— C'est avant toi que ma peau ne rayonnait pas assez, que mon corps manquait d'élasticité, de plaisir.

— C'est depuis que t'es là que je suis davantage ici et là, davantage présent, chaud, vivant.

— On s'en dit des belles, hein ?

C'est facile dans ces moments-là. C'est facile de se parler puisque les mots, c'est chacun qui pourrait les dire pour l'autre. C'est facile parce que plus rien ne menace. Plus rien ne vient ternir, déranger, fausser les choses. Plus rien ne ment. Tout est nimbé, soyeux, tout est sincère. Tout est diapré, tout est dans les prunelles. Je pourrais vous en mettre comme ça pendant des pages et des journées. Histoire de tramer un complot avec vous pour venir à bout du pragmatisme et du prosélytisme, de la platitude et de l'ennui. Il s'agirait d'en faire un tout petit peu plus qu'il n'en faut. Il s'agirait d'y adhérer sans avoir à y croire ni à y penser. Il s'agirait d'inventer des récréations longues et non organisées. Il s'agirait d'être spontanés, de se pâmer et de se dépâmer au gré du coeur et non à gauche et à droite. Faudrait aussi changer un certain nombre de choses, mais en fonction de ses hosannas personnels et non en faveur des belles notions. Peut-être faudrait-il avant tout admettre, une bonne fois pour toutes, que nous sommes sentimentaux et détraqués. De passage, transitoires et vibrants. Que rien ne nous intéresse que d'être heureux et que rien ne nous fait aussi peur que ça également. Que ce n'est pas seulement l'intention qui compte. Qu'il faut s'y mettre et s'y remettre. Que ça passe tellement vite que ça ne nous donne pas le temps de faire semblant d'aller bien, de dire que c'est comme ça, qu'on s'habitue. Que la récompense et la punition, ça n'existe pas. Ce qui existe, c'est la tendresse et le goût de crier.

Voilà. Que ceux que ça intéresse signent leurs noms ici :

_____

_____

_____

_____

_____

Merci. Je savais que vous ne seriez pas nombreux mais c'est un début.

— Écris ! Continue d'écrire !

C'est toi qui me parles et qui insistes à ta manière. Pourquoi est-ce soudainement toi qui me vois tel que j'essaie de me construire depuis toujours ? Pourquoi est-ce toi qui as compris que je n'ai jamais cessé d'y croire sous mes apparences trompeuses ? Pourquoi est-ce toi qui as vu plus loin, jusque derrière mes renoncements ?

Je ne sais pas pourquoi mais quelquefois ça me fait mal de me savoir si complexe et de t'imaginer si simple.

117

* * *

Et si ça m'envahit encore, le trop-plein du désir, la peur de gâcher le meilleur, la lâcheté des autres ? Si ça revient me tirailler encore l'erre d'aller ? Alors, ce n'est plus que toi qu'il me reste, et c'est uniquement dans ton sens que le chemin continue. Parce que souvent, je n'en peux plus. Et que, même si je mime à s'y méprendre la tranquillité d'esprit, mille assauts m'assaillent constamment. Tu sais, cette impression que le temps a perdu de son élasticité, qu'il presse, qu'il exige tout à coup le cristal et les perles rares, le meilleur tout de suite, que les errances sont terminées, finies, qu'il est temps d'entreprendre l'envers du jeu, le deuxième souffle, le dénouement et la grande aventure. Car en même temps que je vois tout un village de nacre sur la côte en toi, je vois aussi la barque frêle et la hauteur des vagues. Et il arrive alors que le mal de mer me reprenne pendant que je contemple, de la plage où on a bienheureusement échoué, l'infini de l'eau, l'agitation inconnue de l'eau, l'absence de conscience de l'eau : notre amour. Et puis cette vision vertigineuse s'en retourne et il reste ton dos qui est une dune blonde où ma bouche fait la méduse, où je cherche la vie à grands coups de langue. Tes cheveux absorbent mes pensées, mes images, si bien que le tout recoule sur moi mais doucement, comme les branches d'un saule, avec l'exaspération d'un petit vent doux, génial. Et alors, tout ce qui risquait de mal finir continue de s'épanouir, de sécréter, de vivre.

Vois-tu, je ne peux plus te dissocier, te voir, te regarder. C'est en dedans de moi maintenant que tu es, mêlée à la mouvance mouillée de mon corps, incrustée aux parois presque transparentes de ma cervelle. Cette eau et cette transparence, c'est parce que tu es ici et là en moi et que l'air y circule, tantôt furieusement comme sur un cap, tantôt tranquillement comme dans une baie.

Aimez donc quelqu'un et vous voilà constamment au bout de votre respire !

* * *

Ce que j'ai de plus précieux, c'est toi. Ce que j'ai de plus difficile, c'est toi. Ce que je n'ai pas, c'est encore toi. Je te cherche. Je te trouve, je te regarde, je te prends et je te cherche encore. C'est fou, hein ? Tout le reste est dérisoire, inutile, impossible. Tout le reste est sans importance. Quelquefois j'aimerais être comme les chats : me lécher la patte doucement et regarder n'importe où. Comprendre le soleil, la lumière, mieux que n'importe quoi d'autre et, plus désespérément, m'y abandonner. Rester là. Ne plus obéir à rien, ne plus attendre. Tu serais là et tu verrais à ce qu'il nous arrive le meilleur. Comme moi je veillerais à ce que le temps nous soit docile et chaud. Ne plus espérer : vivre ! Si tu t'en allais, tout serait à refaire. Tout ne serait pas à recommencer ni à continuer, tout serait à refaire. Autrement, avec une autre, et surtout avec moi. Tout serait à refaire avec moi-même. Je pourrais halluciner encore longtemps. J'ai tout ce qu'il faut pour ça. J'ai tellement attendu ! Je suis tellement fatigué quelquefois qu'il m'arrive de pleurer rien qu'à une idée. À l'idée que tu t'en ailles, que tu disparaisses, que tu t'en ailles. Sais-tu c'est quoi le désespoir ? C'est de ne plus rien sentir, d'être à l'écart de tout, définitivement ne plus être parmi rien. Seul. Malade et sans remède. Je n'y tiens pas. C'est assez difficile comme ça. Je crois même que je peux éviter tout ça, puisque tu es là. Je crois même que je n'ai plus peur. La nuit dernière, j'ai rêvé que je me battais avec un grand oiseau noir. Je n'ai pas pu voir s'il s'agissait d'un vautour ou d'un cygne. Dans l'un ou l'autre cas, je me battais avec un de MES oiseaux. Depuis que tu es là, je me bats, je lutte avec mes mystères. Alors que tu dors et que je dors et que j'ai hâte de me réveiller près de toi. Mais je rêve sans inquiétude. Je rêve très clairement, c'est drôle, hein ? Je suis riche, la nuit, de toutes sortes de misères et de sagesses. Des discernements fous m'habitent et me font des songes. Tu vois, il y a eu trop de victimes. Quand je marche avec toi et que je lève la tête, j'aperçois le ciel. Avant, j'entrevoyais une lueur, pas plus. Maintenant tu es nécessaire !

Tu sais, je me suis fabriqué beaucoup de numéros. J'adore les numéros, les vrais, ils sont hauts en couleurs, ils palpitent, ils nous laissent confiants bien qu'ils nous laissent vides. J'ai beaucoup joué. Je n'ai jamais pu truquer mes cartes. Je n'ai jamais fait assez attention. Je n'ai jamais senti qu'une dislocation, qu'un terrible malaise, qu'une merveilleuse tendresse. Une attente. Au-delà, dehors, en plein air, plus loin ! Chasser, attendre, quelquefois c'est très inutile et très décevant. La plupart du temps, j'invente des histoires. J'ai mes mille et une nuits, moi aussi. Une belle histoire de plus, une nuit de plus. La mort attendra.

Je ne me pose même plus la question. Je n'ai jamais vécu que pour connaître, dans mon règne, une liberté et un amour pareils, aussi grands l'un que l'autre, aussi intenses l'un que l'autre. Aussi longtemps que tu pourras, reste avec moi. Il se peut alors que j'aperçoive quelque chose. Il se peut que je comprenne. Il se peut que je sois ranimé, que je reverdisse, que je guérisse. Que je renaisse de mes cendres. Tout ça peut avoir lieu sans grandes complications. Je ne suis pas morose, je suis mélancolique. Je ne suis pas cynique, je suis convaincu que la vie manque d'élégance. Celle que je menais. Celle que beaucoup de gens mènent. Mais la mènent-ils seulement ? Ou plutôt, est-ce que ce n'est pas elle, leur vie, qui les conduit, leur fait faire des détours, les tue et les enterre ? Est-ce que, pour le principal, nous décidons quelque chose ? Entre vous et moi, je ne serai ni inconvenant ni malhonnête. Je ne veux pas blesser votre pudeur ni vous paraître indiscret ni jouer les discordants. Mais n'êtes-vous pas exactement aussi seuls que moi ? N'êtes-vous pas exactement aussi curieux que moi ?

N'avez-vous pas exactement comme moi des bouffées, des accès de rage, de désolation, de manque ? N'êtes-vous pas exactement compétents en amour, c'est-à-dire ne recevez-vous pas exactement ce que vous donnez ? N'essayez-vous pas d'être exactement ce que vous êtes ? Avec vos capacités, vos spécialités, vos autorisations, votre mérite, votre force et votre faiblesse, votre mobilité d'esprit, vos irrégularités d'humeur, vos vapeurs, vos grippes, votre singularité, votre fantaisie, votre conditionnement ? Inutile de vous dérober. Vous êtes là et je suis là. Une étrangeté résonnante s'est installée entre vous et moi. Vos entêtements et les miens. Vos toquades et les miennes. Vos lubies et les miennes. Nous n'éluciderons rien. Je ne démontrerai rien. Je n'entrerai dans les détails que pour me dévoiler et non pour m'expliquer.

Si je tourne les choses à ma manière, c'est pour me débrouiller seul, comme il convient, comme ça s'impose, comme il faut.

Je voudrais juste ne pas vous faire peur. Comme ça, je serais sauf. Je cesserais de serrer les poings. De bondir, de trépigner, de rugir, de suffoquer. Je ne chercherais plus à m'éclipser, à me soustraire à votre attention, à vider les lieux, à partir. Je pars toujours. Je m'en vais sans cesse. Je me déloge moi-même, je m'effarouche, je m'éloigne. Je n'arrive pas à demander pardon, à me raccommoder et à exiger ce qu'il me faut, tout ce dont j'ai besoin. J'aimerais quelques fois être un faucon et non une colombe. J'aimerais quelques fois être un lion et non un cheval. J'aimerais quelques fois être un oiseau et non un nuage. J'aimerais surtout que ce soit fini, achevé : les couteaux, les boucliers, la légitime défense, les armures, les cuirasses, les fortifications, les boulevards, les escortes, les champions, les maîtres, les discussions. Il me semble que si on ne fait pas quelque chose, tout va se délabrer, tout va s'érailler, mordre, faire mal. Il me semble qu'on peut mourir à tout moment et que ça devrait nous mettre la puce à l'oreille.

Mais tu es là. Alors, je ne vois plus les frontières. Je ne vois plus les cloisonnements. Je ne saisis plus les limites. Je suis ouvert. Prends-moi et fais-moi le plaisir de ne jamais gémir si tu n'en as pas vraiment envie, de ne pas me mentir, de ne pas t'inquiéter de mes secousses et de mes contrecoups, de ma fragilité. C'est que, moi, non plus, je n'ai jamais aimé comme je t'aime. Je ne te dis pas ça pour te faire tourner la tête. Je sais que la vie s'en charge. Je te dis ça pour ne pas m'enfoncer, pour ne pas m'enliser, pour ne pas te faire trop de surprises, plus tard.

* * *

— Je ne vois pas les choses comme toi mais je les sens comme toi. Tu me rapproches de moi-même.

— Je peux me priver d'amour. Je m'en suis privé pendant très longtemps. Mais je ne peux pas me passer de quelqu'un que j'aime. Une fois qu'on a commencé d'aimer, il est trop tard pour considérer le pour et le contre. Maintenant, faut aller jusqu'au bout. Que ça finisse ou que ce soit éternel. Que ça fasse mal ou que ça délivre à tout jamais de tout le poids du monde.

— C'est beaucoup. Ce qu'on demande, ce que tu exiges, c'est beaucoup. C'est impossible, selon certains.

— C'est impossible selon ceux et celles qui n'ont qu'essayé. Ceux et celles qui n'ont pas tout mis, tout tenté, tout donné. Pour moi cette distance terrible qu'on invente pour se protéger et pour avoir droit à son individualité, c'est un crime, un effroyable retard accusé, une voie sans issue.

— Toi, tu y crois.

— Non. Je le sais.

— C'est vrai. Quelquefois tu me parles, tu me regardes

122

surtout et je sens que tu viens de loin. Que tu suis un chemin, que tu ne jaillis pas du hasard.

— Toi non plus, tu ne proviens pas du vide. Ça suffit de toujours jouer les apprentis sorciers. Au fond, on ne doit pas déranger l'orbite naturelle des étoiles sous peine de chaos et de guerre.

— Touche-moi. Oui, comme ça !... Comme je suis proche de toi !

— Moi non plus !

*　*　*

Plus je suis proche d'Elle et plus une certaine terreur vient me bousculer. Comme quoi tout est continuel, ininterrompu, tout est un chemin, une trajectoire. Cependant, je n'échangerais pour rien au monde ma violence contre la fameuse pondération des tièdes. Je tiens à mon intensité comme à la prunelle de mes yeux. Je tiens à l'or de sa peau comme au printemps et à l'été. Je tiens à l'opulence du coeur comme à nos larmes salées. Je ne désire pas décamper, disparaître, mourir. Simplement, je peux percevoir mais je ne peux pas comprendre. De là cette terreur, cette avidité et cette crainte mêlées. Ni bon mot, ni bon sens, ni trait d'esprit ne me distraient. Il n'est ni trop tard, ni trop tôt, pour une fois. Je vis un présage au jour le jour et avec Elle. On pourrait croire que c'est absurde, que ça divague et nous éloigne de la réalité. C'est que la réalité semble s'y trouver plus que nulle part ailleurs. C'est que la réalité brille et convie. Qu'elle n'est ni vexatoire ni calcaire, comme certains la perçoivent, du creux de leur tanière. C'est que, de toute façon, je ne peux pas m'arrêter et ça s'arrête là pour les motifs et raisons. Il n'est pas toujours nécessaire de se fouiller pour se comprendre. Pour au moins se donner des chances, se permettre des excursions, se laisser aller. S'étendre, se déployer, s'étreindre, se dilater, c'est réel, c'est vrai aussi, non ? Parfois, c'est comme si nous étions irrémédiablement raides, abstraits, figés, cristallisés, graves et condensés. Alors que nous sommes aussi, et peut-être surtout, déliés, facultatifs, licencieux, indiscrets et libres. Faut tout voir quant à se voir. Faut tout dire quant à se parler. Nous sommes tous confus et éclairés, obscurs et éclatants, tracassés et calmes. Alternativement, et selon nos blocages et nos déblayages, nos embarras et nos ouvertures. Ça dépend des jours et du désir. Ça dépend s'il fait soleil ou s'il tombe des bombes. Ça dépend si on aime ou si on est aimé. Et si, par un miracle bien mérité, on aime et on est aimé, alors là ! Les dons deviennent des oboles et les peines se transforment en provocations. Parce qu'on n'est plus seul. Parce qu'on a devant soi et en soi un trésor et une nudité inégalables. Ça peut avoir l'air d'un aboutissement. Cependant, on se rend vite compte qu'il s'agit d'un commencement, d'une origine, d'un principe premier. Que nous étions en marche, ennemis et rivaux, inquiets et agités, entêtés et orgueilleux. Que nous cherchions la fusion, l'assemblage, la conciliation, tout en nous acharnant à la division, à notre solidification, à notre indépendance. Impétueusement et à notre corps défendant, on avançait, on mesurait les distances, on calculait les périls, on refusait l'immense et inévitable aveuglement. Je me garde et tu te donnes. Je me définis et tu t'aventures. Je m'installe et tu déménages. Je t'attends et tu t'éloignes. Je te désire et tu ne me vois pas. Je te demande grâce et tu me crois faible. Je te scrute et tu te dérobes. Je te regarde et tu ne sens pas la même limpidité, tu regardes ailleurs. Je t'imagine et tu me détailles. Je te crée et tu tiens à ton originalité. Nous ne sommes pas ensemble. Nous ne sommes jamais ensemble. Et on finit par croire que ça n'existe pas, être ensemble. Que ce qui existe, c'est la métamorphose et les déguisements. Jusqu'au matin où un grand séisme, une grosse commotion interviennent. Alors, c'est l'échancrure, l'entaille, la brèche par où l'éblouissement entre et vient tout changer, tout pénétrer, tout rendre possible. Tout demander, tout exiger aussi. Alors, ne faites donc pas de projets. La brume peut se lever et venir vous cacher vos buts.

Regardez plutôt : il se peut que quelqu'un déboule, coule, coure vers vous. Il se peut que vous débouliez, couliez, couriez vers quelqu'un. Et s'il fallait que vous vous arrêtiez pour chercher votre route un peu trop longtemps, on déboulerait, coulerait, courrait à côté de vous. Et ce serait dommage, parce que vous méritez le meilleur. Comme chacun. Amen.

Savez-vous ce que fait Elle en ce moment ? Elle caresse ma tête. Elle m'enlève encore un peu de pesanteur. Elle m'aime. Que voulez-vous que j'y fasse ?

* * *

C'est très spécial. Tout est très spécial. Ce que je vous dis, ce que je n'entends pas de vous, ce qu'on suppose, ce qui existe vraiment. Ce qui est oppressif, despotique, dictatorial. Ce qui est agréable, humain, déférent. Ce qui est astreint, persécuté. Ce qui tranquillise, humanise, aide. Je ne suis pas fou, je ne suis pas ordonné. Je suis tumultueux, je suis vivant. Je suis quelquefois debout, quelquefois allongé. Quelquefois réconfortant, quelquefois lésineur. Je sais que la générosité existe. Je l'ai rencontrée, elle m'a parlé, je lui ai parlé. Nous nous sommes compris. À demi-mot. Mais nous avons reconnu l'un et l'autre qu'il y avait encore beaucoup à faire. Qu'il y a beaucoup de moqueurs et de farceurs. Qu'il ne faut pas se fâcher, s'indisposer, abandonner. Il s'agit tout simplement d'être plus persuasifs, plus évidents. Ne séjourne pas qui veut dans le malaise, l'obstacle, le temps !

* * *

Roméo et Juliette ? Quoi, quoi, Roméo et Juliette ? Ils se sont aimés et les autres les ont rendus fous. Rien de plus. Ou plutôt oui, ceci : s'ils nous précèdent dans la mort, ils ne nous précèdent pas dans l'innocence. Pas forcément en tout cas. Du moins pas nous.

Voilà pour Roméo et Juliette. Et pour chacun et chacune.

* * *

Il viendra. L'été viendra avec ses pique-niques miséricordieux. Avec son soleil salutaire. Irrécusable, folasse, fringant, le printemps le précédera et on oubliera bienheureusement l'hiver, la retraite et les pensées décaties, obsédées. L'envie d'éclater, d'être fou, d'être heureux viendra tout rendre suave.

Moi ? Elle ? L'été ?... Si je savais lire la suite des choses, je ne serais pas là. Je serais devant ou derrière à interpréter les signes, comme un brave inquiet, comme un halluciné, comme avant. Comme du temps où je cherchais à m'en donner des convulsions.

Quand la sève chaude commencera à grimper dans le coeur des arbres, quand le soleil prendra toute la place dans le ciel comme le jaune dans l'oeuf, moi, je ne répondrai plus de moi. Étant un ancien opprimé, il y a une place, un vide dans mon coeur laissé par les temps de batailles. Il la prendra cette place, l'été.

* * *

Le coeur fou et la tête solide, c'est une illusion. On ne peut pas savoir et s'aventurer en même temps. On ne peut pas sentir et concevoir en même temps. Ce qu'on peut, c'est : embrasser, s'y donner, aller voir. Ce qu'on peut, c'est : tenter sa chance, risquer, ne pas laisser faire le hasard. Un peu d'eau dans le creux de sa paume : c'est finalement tout ce que nous laisse l'angoisse, après qu'elle nous a traversés, comme une foudre. Souffrir ? Mais je souffre ! Mais Elle souffre ! Si nous n'étions pas de connivence dans nos étourdissements, ce serait infernal, déchirant. Ce serait le drame, la tragédie. Quand l'autre ne répond pas, ne répond plus. Quand l'autre nous travestit en légende. Quand on cesse d'avoir envie de pleurer et de geindre. Quand on s'épuise et qu'on est terrorisé d'être épuisé, c'est la tragédie. Combien en vit-on de tragédies dans une vie ? Comment y survit-on alors que la plupart en meurent dans les grands films et les grands romans ? Effarés et transis, on reste là, sur un trottoir ou dans le fond d'un lit. Vides, abandonnés, finis. Puis le temps passe. On écrit des lettres. On va voir la mer. On s'invente une passion fictive pour un métier, des amis, un livre et cette passion non spontanée finit par nous ressusciter quand même, nous remettre sur nos rails. C'est vite passé, une tragédie, pour peu qu'on n'en fasse pas une tragédie. Je connais au moins trois *Anna Karénine* et au moins quatre *Othello*. Ils sont vivants et ils cherchent toujours d'autres véhémences. Ils ne guérissent pas. Ils n'en sont pas morts tout simplement. Comme vous et moi. Le grossissement, l'exagération, la calamité théâtrale, ça passe, comme tout le reste. Et heureusement, ce n'est pas contagieux. Si bien que, ne pouvant transmettre notre virus emphatique et funeste, on passe à autre chose. On s'instruit, on apprend, on survit. On se donne, malgré soi et sans y penser, la chance de le vivre encore, ce sentiment despotique et infiniment tendre. On y court un peu moins frénétiquement mais on y court tout de même. S'y rendre en traînant de la patte ne vaut rien. Se mettre le cœur en bandoulière non plus. Toutes nos oscillations sont tragiques, au fond, puisqu'elles nous laissent toujours dans l'ignorance, en déséquilibre, entre toujours et jamais. L'amour est impitoyable pour chacun. Tantôt il balbutie, il bredouille. Tantôt il claironne, il vocifère, il tempête. Mais allez donc essayer de le voir venir ! Il ne nous prévient pas et on ne guérit pas de lui. On a ses faveurs ou son discrédit. C'est tout. Et on en fait des symphonies ou du gâchis. Tout dépend si on s'arrête là ou si on continue. Je suis solennel et cérémonieux ce matin, hein ? Ce n'est rien. C'est que j'ai vendu ma radio et que tous les plus beaux airs sont dans ma tête. C'est l'approche du printemps, la sève qui monte, l'herbe qui apparaît. C'est qu'Elle est dans la salle de bains et qu'Elle fait toutes sortes de sons inédits et passionnants. Alors, naturellement, ma sève monte elle aussi.

* * *

Poisson d'avril : Elle n'est plus dans le lit. Il n'y a, à côté de moi, qu'une place vide et tiède. Émotion, trouble, transe. Elle est sûrement descendue faire une course, c'est pas possible ! Mais que signifie alors ce mot ?

Je m'en vais. Adieu.
Elle-moi

Comment vais-je subsister jusqu'à la fin de mes jours ? Je hurle, je me frappe contre les murs, je maudis son nom et sa beauté scélérate ! Puis Elle surgit. Elle était sur le balcon. Pensez-vous que je me serais laissé aller à faire des simplicités pareilles si Elle m'avait quitté pour vrai ? Jamais de la vie ! Je serais resté tapi pour l'éternité au fond de la chambre à murmurer des atrocités incompréhensibles et démentes. Je serais mort instantanément. J'aurais sauté par la fenêtre. Je ne sais pas du tout ce que je ferais si Elle me quittait. Le plus beau poisson d'avril, ce serait que le printemps soit là pour vrai, ce matin. Qu'il entre en tourbillonnant dans la chambre, qu'il s'engouffre dans la bouche d'Elle et qu'il ressorte, rejaillisse en disant : « Jamais je ne te quitterai, toi ! »

* * *

Si j'y tiens tant, si je ne me dérobe presque plus, si, progressivement, je vais vers le grand dénuement, c'est qu'il y a quelque chose. Stérile et vague, je le fus longtemps. Sable entre les doigts. Flegmatique. Avec des écarts et des folies. Avec des caprices et des mensonges. Comme chacun. Mais moi, je n'ai pas réussi à m'oublier en cours de route. Les secousses dites hygiéniques, à deux et à plusieurs, cendre et fumée, j'ai connu ça. En voulez-vous, en voilà ! L'ennui moteur. Le supposé désintéressement et la banalité sans bornes. La grande peur de l'autre dissimulée sous des caresses audacieuses. Le vide du coeur et les tremblements de l'âme. Parce que ça existe encore, l'âme ! C'est même de plus en plus présent. C'est même encore assez inconnu et pas mal douloureux. À chaque fois, je me disais : vais-je rencontrer cette fois, enfin, le vide, la dépossession, la véritable absence ? Celle que j'ai toujours soupçonnée ? Celle dont, finalement, j'ai toujours été sûr, convaincu qu'elle minait, rongeait, corrompait les amours. La volupté des autres. Je cherchais sur les nombreux visages en extase la trace, l'image délabrée de leur solitude. Afin que ça s'arrête pour eux et pour moi, cette manie tourmentée de se devancer, de se précéder, de se fuir. Comment vous dire ? C'est compliqué. J'entre ici dans un espace sauvage où ont poussé toutes sortes d'herbes épineuses. Mes assujettissements, mes délires, ma solitude. Quelque chose de pas simple du tout et qui contraste violemment avec tout le reste. Avec la tendresse et le goût sincère de donner, d'échanger, de vaincre l'esseulement. Si je vous disais que ça a marché trop longtemps. Cette image de moi qu'on aimait. On me l'a dit souvent : « Je t'aime ! » Je ne l'ai presque jamais cru. Il aurait fallu pour ça que je sois au complet, total, que je ne sois pas un reflet, une ombre, une fantaisie déguisée en besoin. Il aurait fallu, pour les croire, pour y croire, qu'ils admettent en même temps que moi, l'absence, le manque, les lacunes. Tout ce qui fait que nous n'étions pas prêts à nous donner. Que nous n'étions qu'en train de nous aider à venir au monde. Que nous étions inquiets, partiels, abasourdis par l'irrévocable qui se cachait derrière les mots d'amour, les pleurs et les serments. Tout ça par amour de la beauté et de ses gestes, ses mouvements, ses déploiements, sa grâce et sa gratuité, son indifférence ! Je pourrais vous donner le signalement de tant et tant de gens seuls et qui ne seront jamais satisfaits, jamais heureux, jamais comblés. Ils ne se cherchent pas et ils ne cherchent pas l'autre : ils désirent appartenir ou contenir. Ils demandent qu'on les rassure sur le fait qu'ils sont contaminés. Contaminés par leur enfance, par leur orgueil, par cette part d'eux-mêmes à jamais inféconde, pauvre, abandonnée. J'ai touché, senti, approché souvent ces gens-là. Ils ne pouvaient pas me faire de mal, j'étais pareil mais moi, je le savais. Je savais que l'épouvante pouvait me faire faire des gestes irrémédiables. Que l'épouvante peut provoquer des rougeurs, des fièvres aveuglantes. Qu'elle peut nous trahir au lieu de nous enflammer. Qu'elle peut nous faire dévier vers des enfers artificiels, la vanité, la destruction, la tristesse infinie, la solitude enfermée. Qu'elle nous rend infatigables, l'épouvante. Qu'elle nous pousse, nous tire et finit quelquefois par nous convaincre que nous ne pouvons plus décider de rien, qu'il est trop tard pour se désintoxiquer d'elle, qu'elle nous a dévastés définitivement. Chaque fois, un frisson, un frimas, une compassion terribles s'emparaient de moi. La vie pouvait donc être infecte ? Il se pouvait donc que ni incitation, ni prière, ni supplique ne viennent à bout du destin ? Certains êtres étaient entraînés malgré eux. Certains êtres ne pouvaient pas repousser l'odieux, extirper le virus, se battre. Et moi ? Je pourrais, moi, m'en sortir ? Je pourrais, moi, m'arracher à ma solitude avant qu'elle m'enferme, m'encabane, m'emprisonne pour de bon ? Je ne sais pas au juste où j'ai lu cette phrase : « J'ai eu l'atroce volupté d'être témoin de la vôtre. » Mais elle m'a hanté longtemps. Comme leurs visages et leurs mains. Le visage et les mains des hommes et des femmes qui voulaient posséder, être possédés, s'enfuir d'eux-mêmes. Ni leurs yeux ni leurs doigts n'étaient à eux. Ils étaient possédés par cela même qu'ils désiraient posséder. Ils étaient attachés par cela même qu'ils désiraient attacher. Ils étaient abandonnés par cela même qu'ils désiraient toucher, atteindre. Et leur plaisir, le mien joint au leur, le plaisir ne les comblait pas, ne me comblait pas, ne comblait rien. Une sorte de dégoût venait s'y mêler.

Une odeur de massacre et d'inutilité. C'est ça qui m'effraie encore. Cette disparition, cet anéantissement, au nom de l'amour. C'est ça qui m'a si longtemps empêché de rejoindre vraiment quelqu'un, de lâcher prise, contrôle, de tendre solidement la main, de donner.

Mystification ou fureur naturelle, peu importe, cette menace existe. Et elle terrorise toujours. Ce besoin, apparemment sans origine ni logique, de se faire du mal. De se punir de ses propres lâchetés et de celles des autres. De reporter sur soi la veulerie des siècles. Ce besoin parfois radical de s'ôter de là, de cesser d'être visible, attaquable, de mourir. Cette peur de mener une existence disloquée, disjointe, conduite par divers conditionnements infranchissables.

C'est ce qui se trouve au fond de certains verres d'alcool et derrière les manèges de la séduction. C'est une limite. Une menace, je ne trouve pas d'autres mots. C'est ce qui fait dire à Elle parfois : « Comme tu es loin tout à coup ! » Où suis-je ? Dans les limbes, dans la flétrissure, dans la périphérie de la mort. Provisoirement coupable de trop en avoir vu, de ne pas m'être assez protégé, d'avoir fait des bêtises avec ce qu'il y a de plus précieux et de plus irremplaçable sous le soleil, de plus rare : la tendresse.

Ne vous inquiétez pas pour moi. Je tenais juste à vous dire tout ça. Histoire de vous émouvoir par ma confiance et mes ahurissements. Histoire d'aller dormir près d'Elle et que la nuit ne soit un mystère pour personne.

* * *

Le désir, je le connais et il me connaît. Notre peau, comme elle compte ! Comme elle nous dessine, nous définit tout autant qu'elle nous enrobe. C'est notre surface, dit-on. Oublierait-on que c'est par la surface qu'on communique ?

On pénètre profondément si la surface accueille, attire, accepte. Quand je constate l'énormité du désir en moi, je suis stupéfait. Et sa constance et le trouble qu'il amène à chaque fois. Et le mystère de ses odeurs et ses lancinantes pulsations. Mes attitudes, comme le fameux habit, ne font pas le moine. On me croirait plutôt prudent, réservé, voire même réfractaire. Mais je suis parmi le tourment du désir plus souvent qu'à mon tour. L'éblouissement qui fait s'animer les mains et le reste à l'avenant. Ça me rentre dedans, ça m'ensorcelle. Une névralgie. Un tumulte qui fut déjà un supplice. Le désir ? Sa cruauté d'enfant gâté. Sa violence. Son discernement de pacha repu. C'est un capricieux arlequin. Une fermentation équivoque souvent l'anime, l'agite et parfois le fait se convulser. Sous ses ardeurs insolites, mon dedans flanche et ma volonté mutilée laisse place à un vide gigantesque, avide, prêt à tout accueillir, tout laisser pénétrer. Il peut me faire traverser des déserts où je rencontre sans cesse des oasis. Je m'y penche et j'y renouvelle très souvent le geste de boire. J'invente l'eau fraîche partout, tout en sachant la ressemblance étrange et troublante avec le mirage que sa transparence permet. Même si je me méfie, je plonge. Je me baigne et m'étire dans ses remous. C'est lui, le désir, qui veut qu'on vive d'amour et d'eau claire et lui seulement. Et son reflet dans le regard de l'autre est le commencement de tout. Sans mode d'emploi et garde-fous, l'aventure, c'est lui qui la rend possible, la permet. C'est lui qui délie les liens de la peur et qui les renoue de plus belle. Le désir. Qui est cet autre en moi, ce fanatique tenu sous contrôle et que le désir réveille et rend excessif, capiteux, abondant ? Le désir. Jouir ne le satisfait pas totalement puisqu'il me ramène si souvent dans son orbe régulier, obsédé. Sans que je me sache envoûté, je le suis. Et c'est encore une fois le beau champ de bataille, la tendresse et le bleu clair des matins limpides. Et c'est aussi la férocité, la cendre et l'impression tyrannique qu'un cataclysme est passé et qu'on a aimé sa foudre et ses flammes jusqu'à s'être laissé consumer tout entier et sans comprendre.

Le désir. Avec ses ramifications et surtout son reflet dans le regard de l'autre. Il fulmine. Il transperce, il rend heureux d'un bonheur d'enfant fou. Je ne peux pas, je n'ai jamais pu feindre le coup de foudre. Ni le confondre avec les lueurs et les ensorcellements de mes fins de soirée alanguies. Mes fins de soirée aveugles, volontaires, exaspérées.

Avec Elle, je suis emporté différemment mais je suis emporté plus loin. C'est ma stupéfaction d'aujourd'hui.

Et le désir, c'est lui aussi qui fait que je veux un enfant d'Elle. « Je veux un enfant de toi et avec toi ! »

Et Elle, que le désir rosit et qui s'inquiète un peu, me sourit. Voyez-vous, le désir, là où il n'est pas à sa place, c'est dans le questionnement du fond de la tête. Ailleurs, il chante et sa chanson a l'air de dire : « Dommage que vous soyez encore si loin les uns des autres. Car vous êtes si proches ! »

* * *

Pourquoi je ne vous parle pas davantage d'Elle ? De ce qu'Elle est, de ce qu'Elle vit, de ce qu'Elle pense ? De ce qui la bouleverse ? De ce qui la fait tantôt éclater, tantôt se recroqueviller ? Mais parce que je ne la connais pas ! Je ne connais pas assez Elle pour vous la décrire, vous la définir, vous la livrer. Et puis j'aurais peur, en me risquant à vous la circonscrire, que vous la jugiez comme on juge, jauge, évalue toujours tout. Elle a sa vie à Elle. Son intelligence et surtout sa sensibilité lui appartiennent. Je témoigne de ses effets sur moi. C'est tout et c'est assez. Elle n'est pas un personnage. Le personnage, c'est moi. Il s'agit de moi. Il s'agit toujours de soi-même. Je ne vais pas me mettre à mêler Elle à mes désordres et à mes exagérations. D'ailleurs, Elle est indescriptible puisqu'Elle est inépuisable. Elle est là. Ça devrait vous suffire. C'est miséricordieux et ça n'a rien d'étrange. Si ce n'est votre curiosité démesurée et votre manque de confiance.

Et même si Elle n'existait pas ! Même si je faisais tout seul les liens et les ruptures ! Seriez-vous assez irrespectueux et obtus pour ne pas imaginer une Elle qui fasse l'affaire, qui soit transparente, vraie ? Ne me décevez pas. Regardez au fond de vous-même : Elle est là.

* * *

Bien sûr, il y a la psychologie. Le point de vue complexe. Par exemple, je me souviens quand j'étais enfant, et que j'appelais ma mère, c'était presque toujours mon père qui venait. Conclusion dans ma petite tête d'alors : ma mère ne viendra jamais quand j'en aurai besoin. Névrose ? En tout cas, difficulté atroce par la suite à croire qu'une femme viendra, m'aimera si c'est moi qui l'appelle. Voilà. Je ne suis pas allé chez un psychanalyste et je sais tout ça. Que je n'ai pas été aimé. Que je me suis efforcé de plaire selon les critères des autres et en n'étant pas moi-même. Que j'ai fait des manières et du charme. Que je fus seul et que je le suis resté. Bon. Oui, oui. Je suis tendu intérieurement et extérieurement je suis délié, apparemment articulé, la belle erre d'aller, cool. Vous voyez, j'en sais assez long sur mes malheurs, la trahison originelle, mon enfance gâchée et pourtant lumineuse, cabalistique. J'ai fait de l'imitation. Très jeune, j'ai su comment me faire apprécier, à défaut d'être aimé. Comme chacun, j'ai su très vite dissimuler, jouer, feindre, imaginer. Il n'y a pas eu d'enfant plus seul que moi et plus conscient dans sa conscience du manque d'amour. Commotions et ébranlements avaient lieu mais au plus profond. Alors qu'en surface, la petite marionnette récitait, chantait, portait les paquets. Jamais d'attendrissement, jamais de pleurs libérants, jamais de caresses, jamais de communication. J'ai voulu me tuer à l'âge de cinq ans. Je m'en souviens comme d'un cataclysme naturel. Je n'avais plus le choix. L'hystérie de ma mère me rendait fou et je savais, dès cet âge-là, que vaut mieux la mort que la folie. J'en fus quitte pour quelques semaines au lit pendant lesquelles j'appris la magie des mots et des dessins. Mon imaginaire se développa durant la convalescence de ma mort.

Je sais bien qu'écrire est une forme de mensonge. C'est-à-dire de fiction, de hâblerie, de mystification. Simplement parce qu'on ne peut pas tout dire. Je sais bien aussi que je ne serai jamais à l'épreuve de la menterie. Que j'ai l'oeil vif et qui lance des flammèches quand il est question de quelqu'un qui s'intéresse à moi. Il ne faudrait pas que ce quelqu'un me joue des tours, me raconte des histoires, qu'il oublie ce que je suis vraiment, pour ne penser qu'à son sentiment personnel et orageux. L'amour fit défaut et catastrophe très tôt, pour tout vous dire. La belle raison pour m'en faire encore, pour rester ligoté, pour laisser passer les minutes, les heures, les siècles sans au moins tâcher de me débrider, me déchaîner, me démuseler ! La belle raison pour ne pas vivre et ne pas m'éprendre, m'épancher, me donner ! J'aurai toujours appris au moins ceci : rien ne nous est acquis. Il faut prendre, envahir, insinuer. Il faut se mettre là et faire plus que son possible. Il faut remettre ça et encore et ce n'est pas fini. La vie réside intensément dans les tentatives, l'exaspération, l'émancipation. Je n'envie pas du tout ceux et celles qui eurent des enfances à l'abri de la grande maladie. Je les vois tout simplifier, tout escamoter, tout négliger. Le soleil ne donne que de la chaleur et de la lumière pour ces gens-là. Il ne permet pas l'exaltation. Il ne sèche aucun tourment mouillé. Il ne fermente aucune étonnante germination. Il chauffe et il éclaire. Peut-être va-t-il parfois jusqu'à faire le beau sur de la pellicule photographique. Ces gens-là ne peuvent pas soupçonner leur parenté cosmique avec le soleil. Ils ne saisissent pas que leur coeur est à son image : qu'il explose et dégage des gaz qui deviennent vite des planètes. Ces gens-là ont eu une enfance sereine. C'est la vieillesse qui se doit d'être sereine ! L'enfance est indigente, chimérique, indéchiffrable. Elle est un mystère simple et respectable. Elle est à l'image du grain qui éclate, soulève la terre. Elle est violente. Elle est le désir incarné. Elle ne peut être ni modeste, ni sage, ni organisée. Elle crie, remue. Elle veut nous inciter à naître. À ne pas croire que c'est déjà fait parce qu'on s'est méchamment fait taper dans le dos par un homme vert et qu'on nous a déposés sur le ventre d'une femme apeurée qui n'est pas encore venue au monde. L'enfance c'est l'envers de la vieillesse : c'est ne rien savoir et pouvoir tout faire. C'est la convoitise, l'envie, le goût et tout ça sans contamination. Si on se rendait compte, un tout petit peu, combien c'est accablant d'être un enfant, je suis sûr qu'on leur ficherait la paix. Ils essayent et ils savent très souvent ce qu'ils font. Ils sont intacts encore dans leur aspiration à naître.

Bon. Je me suis emporté, je crois. J'ai même parlé haut et fort. C'est que je ne désire pas attendre de voir ce que la postérité dira, fera, changera. Je ne prends pas de chances. Je pars tout de suite la rumeur : si vous les aimez, fichez-leur donc la paix !

*   *   *

« Le monde a besoin d'amour, surtout le lundi matin ! » C'est la radio de la voiture que nous n'avons pas pu vendre, vu qu'on ne peut pas l'arracher du tableau de bord sans faire un massacre. La dernière tempête de l'hiver, on espère que c'est celle-ci. Parce que là, c'est assez. C'est presque trop. En tout cas, c'est beaucoup. Ça regèle, refige, recommence. Une neige hypocrite et congestionnante. Une bourrasque qu'on aurait aimée si elle était venue quelques semaines plus tôt mais là !, pas nécessaire. On s'en serait passé, vous voyez ce que je veux dire ? Maximum aux environs de zéro degré, rafales, conservez vos pneus à glace, etc. On n'en revient pas. Ni Elle, ni moi. C'est triste. C'est difficile. Ça ne favorise ni la bonne humeur ni le paradis avant la fin de nos jours. C'est traître et venimeux. Elle parle de la nostalgie du blanc et du scintillant qui sera moins brûlante, à cause de cette tempête de surcroît. Elle tâche de me convaincre que nous apprécierons davantage les débordements et les effusions, les lilas et le muguet, les rigoles chantantes, le vert tendre, nous promener en chemise, le soleil et le fond de l'air doux. Elle fait de la poésie. Elle est très douée pour apaiser, rassurer et tout ça sans dire de balivernes. C'est mélodieux dans sa bouche toutes ces anticipations. C'est ce qui nous permet, ce matin, d'accepter cette volte-face chagrinante, désopilante, plate. Et, en plus, on rentre en ville. Des voitures, il y en a trop. Des routes, il n'y en a pas assez. Impossible d'éviter la mauvaise humeur et les klaxons débiles de tout un chacun. La police, elle, est précoce. Elle vérifie notre voiture en disant : « C'est le check-up du printemps ! » Ça nous remonte ça, vous pensez ? Il faudra faire réparer les accessoires brisés de Greta qui fonctionne pourtant comme une bonne vieille pouliche qui en a vu bien d'autres. En tous les cas. Ne pas trop manifester notre hargne au policier, à l'agent du trouble. Parce qu'il peut très bien se montrer pire qu'il est. Quand c'est lundi, c'est lundi pour tout le monde, non ?

— C'est glissant, hein ?
— Oui, ça glisse.
— Il me semble qu'on a dit ça au moins huit mille fois depuis qu'on se connaît. On a donné la moitié de notre temps et de notre vocabulaire à l'état des routes et du temps. Navrant !
— T'exagères ! Regarde, dans les champs, on voit l'herbe un peu partout.
— Oui, mais ça prend de l'imagination en p'tit péché !
— T'en as plus que la mesure, alors...
— Ah toi ! Si tu joues à la radio a.m. — f.m. en plus !
— Chante. Ça va te réchauffer et moi aussi par la même occasion.
— Chanter quoi ? Toutes mes chansons, tu les connais. Tous mes airs, toutes mes musiques, tu les sais par cœur.

— C'est pas une raison pour te mettre de mauvaise humeur. Tu sais que je me tanne pas de t'entendre chanter.

— Oui, mais tu te tannes du reste par exemple, hein ?

— Ah ! Tu vas débarquer, tu vas faire du pouce, si ça continue !

— C'est ça ! Se quitter sur une autoroute, parmi la dernière neige et les autos sales.

— Ha ! Ha ! Ha !

— Ça te fait rire en plus ?

— Qu'est-ce que tu veux, le clown en toi est plus fort que le reste.

— Et le reste, c'est rien. C'est ça, hein ?

— Le reste, c'est important, c'est beau et c'est effrayant de te voir faire la gueule de bois grosse comme une grange gigantesque. Merde !

— Tu vois, maintenant j'ai envie de t'embrasser.

— Attends le feu rouge !

— Je croyais que, pour moi, ton feu était toujours vert ?

— T'es fou !

— C'est vrai que je suis fou. La preuve : j'attends le feu rouge comme s'il s'agissait d'un Oscar qu'on va m'attribuer parce que je suis ton meilleur acteur de soutien.

— Red light !

La ville se profile dans le flou que mes yeux, à demi fermés, discernent au fond de l'horizon. Mais nos bouches sont plus importantes que nos yeux en ce moment. Et c'est le moment qui compte, non ?

* * *

Quand je marche dans la rue, je bondis, je sautille, je marche vite, quoi. Mais je regarde partout et je vois l'ensemble du problème ainsi que l'ensemble de la solution proposée. Je vois la vie se vivre, se laisser vivre et se faire vivre. Je vois les marchands vendre, les passants passer, les dragueurs draguer. Le panorama de nuit, avec ses devantures bariolées et clignotantes, m'attrape en passant sous les éclairs brusques de ses scintillements irréguliers. J'ai beaucoup pris le temps de vivre ma dualité, spécialement la nuit. Féminité, ouverture, comme on dit. Humidité, séduction, avidité. Appels indirects, hurlements travestis, signaux pourtant clairs, même dans l'ombre. Heures brusques pendant lesquelles un certain soi sort, va rôder, va se frôler à tout ce qui palpite sans visage. On avance les mains comme pour se protéger du noir mais en même temps on tend le cou. On se donne aveuglément, c'est le cas de le dire. Mais on donne quoi ? Sa surface, ses gestes fous, son trop-plein, sa peur, son électricité en trop. On se dit : « Ils m'aimeront dans la simplicité de mon semblant d'arrogance et sans poser de questions. Ils seront séduits par ma nonchalance, ma détente, mon abandon. Cependant, ils ne me prendront pas car je me garde, je me protège, je ne suis pas ici tout entier. Ma peau leur paraîtra suave mais elle leur glissera des mains avant le chant du coq : ainsi soit-il car je le veux ! » On est plus volontaire que sincère, la nuit. On chasse ou on est chassé. Mais on ne cherche pas. On donne et on prend et c'est tout. Et on a la peau huilée d'indifférence.

J'ai traversé certains déserts de nuit avec, en bandoulière, la gourde amère.

— C'est quoi ta gourde amère ? Tes amours déçues ? Tes rêves évanouis ? Tes frustrations ? Toutes les indulgences qu'on t'a refusées ? Tes années d'adolescence transies, défigurées, immolantes ?

Non. La gourde amère, c'est le mal que je me suis donné, qu'on se donne pour fuir la mort au lieu de vivre. C'est ça la gourde amère. De n'être pas encore capable de se passer d'autorité, de séduction, de police. Ce mal qui vient de loin court encore et à l'occasion fait des drôles de miracles. Quand il crie : rien ne va plus ! tout s'arrête, le temps suspend son vol lent et le jeu tumultueux recommence, comme

139

automatiquement. Et comme tous les jeux, il incite, invite à tricher. À se donner tout en se cachant. Le coeur nous prend dans la gorge, le corps ne nous appartient plus et va à d'autres. Et ça ne s'arrête pas tout seul avant l'épuisement.

Certains disent de moi que je suis ambivalent. Manière de dire que j'aime des individus et non des sexes. J'aime bien leur sexe, ne vous méprenez pas. Mais ils ou elles l'ont, ils ou elles ne le sont pas. Saisissez-vous la nuance ? Aucune importance. Comprendre, des fois ça paralyse. Disons que, quelques fois, quelques nuits, j'ai aimé conduire en faisant semblant d'obéir, comme une femme. Comme certaines femmes.

La nuit, tous les chats sont gris. Les féroces comme les abattus. Bonne nuit. Moi, si je veux continuer pendant votre précieux sommeil, il me faut quelque chose dans mon verre et double. Car le sommeil m'épargnera encore cette nuit. Dormir n'est pas toujours nécessaire, vous le savez. Il arrive quelquefois que donner, prendre avec sa bouche, ses dents, sa peau, soit le seul ravitaillement possible. D'autant plus que c'est Elle et non toute la nuit que je m'en vais étreindre.

Écoutez : aussi bien vous dire bêtement comme ça ce qui me martyrise l'erre d'aller. Il m'est difficile effectivement de me tenir en équilibre entre l'ancien mystère de mes nuits et l'évidence chaude, exaspérée d'aujourd'hui. Entre mes anciennes nuits et Elle, il y a le jour, les jours et toutes les expériences, les bien et les mal menées. Je ne peux tout de même pas me permettre ce que j'en vois des tas se permettre : l'insolence, le cynisme sensuel, la séduction ironique, secousses pendant lesquelles l'angoisse tient le coeur en échec. Je n'aime plus me retrouver dans le coeur bariolé de la nuit comme si quelqu'un m'y avait poussé. Je veux bien croire que le coup bas de la séduction est le plus joli des coups bas puisqu'il ne rend pas aussi malheureux que le coup bas de la mort ou de l'amour trahi. Mais j'aime Elle et me voilà sens dessus dessous et surtout sans goût pour les dépaysements connus. Je ne me crois plus irréalisable. Alors je n'ai plus besoin d'aller m'irréaliser. Je sais bien que ça ne tient pas debout. Je suis le premier à en perdre mon latin, croyez-le bien. Un *Canadien national* d'arguments n'en viendrait pas à bout. Le nacré blond et total de sa peau et les étincelles de nos regards sont ma mille et unième nuit. La mort ne viendra plus. C'est fini. On a, Elle et moi, séduit le ciel. À l'abri des dragons et des mensonges, on se retrouve parmi l'indégradable, l'inattaquable, le presque-parfait. Notre chaleur double fait tout son possible et c'est assez.

Ne vous en faites pas, je ne pense pas un mot de ce que je dis. Tout ça ne vient pas du tout de ma tête. Ça vient directement d'ailleurs. Du coeur. De l'âme. D'ailleurs aussi je présume. Et encore d'ailleurs. Alors, né vous acharnez pas à comprendre. Faites-moi la joie de me croire et respirez un bon coup : ça continue.

*　*　*

— Comment as-tu marché jusqu'ici ?
— Je ne sais pas. Je crois que le vent m'apportait ton odeur et moi j'ai suivi.
— Attention !

Bruits de chevaux qui martèlent la plaine. Puis le silence, constellé d'insectes doux, revient.

— Ils te cherchent toujours.
— Maintenant, je suis avec toi. Ils peuvent toujours fouiller. Ils ne me trouveront pas.

Violons et violoncelle. Il la prend. Sa chevelure noire se détache sur le fond de l'herbe verte. Il la tient dans une figure de ballet. Elle se laisse basculer comme dans une figure de ballet. Feront-ils l'amour esthétiquement comme ça ? Le mot fin en lettres western apparaît. On ne saura donc pas comment ils s'étreindront dans le foin blond. Elle s'est endormie, comme souvent. Je suis tout seul à continuer dans ma tête la belle histoire, le film idiot et qui m'a eu, comme tout m'a tout le temps avec violons et violoncelle. La télévision fait de la neige maintenant. Elle est vide de ses images. La main d'Elle repose sur ma cuisse. Sa main forte et douce dans son drôle de sommeil. J'ai envie de la prendre et pas esthétiquement du tout. Mais elle dort trop bien et trop loin de moi. Je ne peux pas lui dire en souriant, voire même riant : « Maintenant je suis avec toi. Ils peuvent toujours fouiller. Ils ne me trouveront pas. »

Comme dans le film, avec émotion et accords mineurs. Et qu'on se roule dans le foin blond. Mettons sur le tapis qui n'est pas mal non plus.

Elle ronfle. Ou plutôt, Elle respire en sifflant un peu comme font les grands fatigués, ceux qui ne se plaignent pas parce qu'il y en aurait trop à dire. Je l'aime, comme ça, dans ses sifflements mélodieux. Dans cet abandon aussi qui montre bien qu'Elle me fait confiance. Qu'Elle n'ira pas loin. Qu'elle est bien comme ça, dans mon creux de ventre et à l'abri du mauvais hasard. Décidément, ce film m'a dulcifié jusqu'à la mièvrerie, direz-vous. C'est que la nuit est en parfait silence et que ça me va comme un charme. Surtout avec Elle, que ma respiration soulève de temps en temps et qui m'aime assez pour rester là, sans se déranger, sur moi.

Soudain, ça me revient et très fort : peut-être vais-je naître, venir au monde ? Peut-être mon chaos est-il définitivement en route vers l'enfant ? Peut-être vais-je appartenir vraiment au temps d'ici ?

— Maintenant je suis avec toi. Ils peuvent toujours fouiller. Ils ne me trouveront pas.

Elle ne se réveille même pas quand je la couche et la couvre. C'est qu'Elle est en train de se faire son film à Elle et que, dans son rêve, tous ses héros sont doux comme des pierrots.

* * *

C'est ensorcelant. Ça vous houspille et vous énerve. Ça vous est destiné. Les circonstances vous sculptent et vous transforment. On est si souvent et si facilement désappointés, inquiétés, aigris. Laissez-moi vous raconter quelque chose. Il était une fois une jeune femme très décontenancée, qui s'en allait vers une vie fulminante, en négligeant les principes et avec l'affection débordante de ses parents et amis. Il était une fois un jeune homme désabusé et tendre, comme on en trouve encore parmi une génération insolite et sans privilèges. Lui, s'en allait vers un destin solitaire et rébarbatif. J'en sais plus long sur ce dernier, étant donné que c'est de moi qu'il s'agit. Bref, ces deux nouveaux venus dans la jungle des facéties se croisèrent et ne purent rien l'un contre l'autre. Ils se plurent et se le firent savoir. Ils eurent à lutter, à quitter sans trop d'éclats toutes les exagérations dans lesquelles ils avaient macéré durant leurs adolescences interminables et moqueuses. Ils eurent été récalcitrants et sans dessein dans un conte ordinaire. Un conte qui n'aurait pas tenu compte des égarements et de la grande insolence : l'amour. Lui, élancé et débonnaire. Elle, simple et décidée. Elle s'enfiévra. Lui, se sentit infortuné et fatal. Il faisait un temps qui, faute d'être superbe et dément, leur fut avantageux tout de même et favorisa l'absence de pondération, la grosse affaire, la brutale reconnaissance de leurs manques respectifs, de leurs réciproques nécessités. Ce fut la passion. Celle qui ne se décrit ni ne se force. On fit autour d'eux un silence éloquent : on leur ficha la paix. Ils devaient se rencontrer. Alors, inutile de crier, de perdre haleine, de vibrer de tous ses membres. Ces deux-là s'en tireraient tout simplement, comme tant d'autres, avec des ecchymoses indélébiles. Cependant, un certain dépassement ne fut pas considéré. J'entends par là une certaine trajectoire légendaire et qui fait l'envie de tous les exténués et de toutes les endormies. Nos deux vaporeux, nos deux nouveaux égarés, ne perdirent pas de temps. Ils se mirent le feu. Ils se lancèrent à tête que veux-tu dans un rêve très ancien et dont presque plus personne ne se préoccupe, étant donné l'affliction générale et compte tenu que la peur entoure cette catastrophe dont ils furent les heureuses victimes.

Je suis gris et j'ai terriblement envie de faire des fables. De parler d'Elle et de moi comme de deux inévitables. De nous envelopper hermétiquement dans un sortilège occulte à l'épreuve des démangeaisons. C'est que, plus loin, postérieurement, rien n'est garanti. Rien n'est sûr. Rien n'est solide, indubitable, invariable. C'est que tout est continuel, tout s'éternise et en même temps tout change, tout est toujours à recommencer. Je suis empressé, vif et incendiaire. Elle est fervente, allègre, délicieuse. Mais qu'est-ce qui nous dit que l'apathie et la cupidité ne seront pas les plus fortes ? Qu'est-ce qui nous garantit que la prostration, l'affolement, le temps ne joueront pas contre nous ? Vous savez comme tout est fragile, comme tout passe, comme tout est sujet à modification, à rectifications, à métamorphoses ! Et cette fois, moi, j'aimerais beaucoup que tout résiste, que tout persévère, qu'Elle et moi, on soit obstinés, acharnés, insistants. C'est terrible d'être en même temps aussi fatigué et aussi frais. D'avoir autant envie d'égarement et de perfection. Ça pousse à prendre un verre, comme ce soir. Ça provoque une surexcitation échauffante et disproportionnée. Enfin, ça éreinte et ça ne s'esquive pas.

Je vais aller encore plus loin, j'ai peur des dates, des

échéances, de l'époque. Je crains les débâcles, les culbutes, les aléas, la fatalité. Ce n'est pas que j'ai le vin irritable et sceptique. Mais n'ai-je pas failli tant et tant ? Ne suis-je pas un de tous ceux qui s'impatientent, se tourmentent, s'inquiètent ? Pour tout vous dire : s'il fallait que la vie soit inflexible, menue et exiguë comme elle l'a toujours été, je pourrais me décourager, m'écrouler. Je pourrais crier ceci : cessez de vous enfuir, tous autant que vous êtes ! Restez pour une fois ! Il se peut qu'on se mette à pleurer ensemble. Il se peut qu'on condamne, qu'on renie, qu'on blâme. Mais il se peut aussi qu'on désenfle, qu'on se soigne, qu'on s'améliore.

Ah, et puis si ma grossièreté vous incommode, allez donc boire ailleurs ! Il existe des bars-salons infiniment ouatés et infiniment conformes à vos désirs de silence et de mutisme. Faites comme si je n'avais rien dit. C'est que je n'ai plus ni censure ni garde-fou. Je fuis, je m'échappe, j'ai trop bu.

* * *

Excusez-moi pour hier soir. Un imbécile a dit : « l'alcool tue lentement mais je ne suis pas pressé », et moi je ne suis pas plus futé que lui. Des fois. Alors, il m'arrive de mouiller ça et quelquefois même de noyer ça. C'est ainsi que, par exemple, il m'en manque des bouts, des morceaux. Certaines inadvertances ne sont pas dans ma mémoire. Elles ne furent pas enregistrées. Ça ne les empêche pas de venir me tyranniser de temps en temps mais sous une forme diffuse, insinuante. Rien de bien grave. Rien de bien comique non plus. Une vilaine habitude, mais qui m'a souvent protégé des contractions dangereuses qui nous tiraillent le dedans certains soirs. Et puis Montréal n'est pas un présent, un cadeau, une gratification. Si bien que les étiquettes sur certaines bouteilles ont des éclats qu'il m'arrive de confondre avec les promesses qu'elles font à qui veut bien les croire et les acheter. Bref, je lève le coude et, là comme ailleurs, je ne sais pas m'arrêter. J'ai, comme ça, des qualités qui se transforment en défauts à la moindre émotion forte. Faut croire que mes absolus ont, à l'occasion, besoin de clémence et de relaxation. Et puis un verre est vide si vite. Il fait pitié le pauvre : il est tout sec, tout aride, tout semblable à notre état. Il finit par symboliser rapidement l'évacuation, la stérilité, la grande privation dont nous souffrons tous, chacun à nos heures. Le grand dépeuplement. L'absence dont je vous ai beaucoup parlé. Le mal du siècle, quoi ! Donc, on le remplit et on le porte à ses lèvres et déjà le désert reçoit une rosée. Déjà, c'est moins pire et c'est un peu mieux. Cependant, on saisit prestement le vice du cercle : la soif continue car le désert est vaste. Qu'à cela ne tienne, petit à petit on finira bien par atteindre la grande désaltération, la mer. C'est fou, hein ? Mais c'est comme ça.

Je m'éloigne de mon sujet ? Mais je vous répète que le sujet, c'est moi. Tout le reste, c'est des verbes et des compléments. Au présent, au futur et au conditionnel. Compléments directs et indirects. Le tout en ligne droite ou en sinuosité. Orienté ou dévié, il s'agit toujours de mon drôle de destin et de son itinéraire déformé. Il s'agit d'un voyage vers un printemps qui s'éloigne on dirait, à mesure que j'avance vers lui, essoufflé et les yeux grands ouverts, pour ne rien perdre en cours de route. Car c'est souvent en chemin que l'on rencontre ce vers quoi on était parti. Alors je ne néglige rien. Ni subterfuge ni fête. Ni vérité ni mensonge. Tout a une importance claire et égale. Tout me sollicite intensément. Croyez-vous bêtement que la présence d'Elle dans ma vie, sur ma route, soit un but, une fin, une cible, un terme ? Amèrement, vous vous enduisez avec de l'erreur ! Elle est une compagne agréable et indispensable. Mais Elle marche et Elle court aussi parfois. Elle n'est pas immobile. Vous avez déjà vu ça, vous autres, de l'eau vraiment immobile ? De l'eau qui ne coule pas, ne se déverse pas, ne s'échappe pas, ne va pas se perdre quelque part ? Alors, laissez-moi tranquille avec votre

146

manie de vouloir geler l'eau, les choses, geler la vie afin de la saisir et de la comprendre, la posséder ! Habituez-vous tout de suite aux courants et aux fluides parce que c'est comme ça que ça se passe. Et à la bonne vôtre !

*   *   *

— Je me sens toute petite des fois. Comme quelqu'une qui serait fatiguée de toute la vie au grand complet. Sans fond. Sans courage. Sans autre désir que toi. Ne me regarde pas comme ça, tu me gênes les yeux... J'ai peur moi aussi, tu sais.
— Mais voyons donc ! Je ne suis qu'un cerf-volant qui flotte dans l'air tiède et bleu de ta sérénité personnelle, moi. Tu ne trouves pas ça pire que tout comme vulnérabilité ?

Je sais bien que mes images sont cosmiques comme l'approche de la compréhension universelle. Je sais bien que j'imagine des choses tout en les sachant exactes et palpitantes dans la vraisemblance de nos sueurs qui donne de la réalité à tout. Je sais bien, moi, que par le désir, on est sûrs d'être enfin vrais. Que par la tendresse, on est sûrs d'être enfin libres. Que tant qu'on plonge, on est vivants.

Je t'aime comme on entre en religion de soi-même. Avec un certain élan et une certaine certitude derrière la tête. Tu sais, quand tout brille sans vous éblouir. Quand l'âge qu'on a atteint rejoint mystérieusement toutes les simplicités de son enfance, même les plus folles. Quand on laisse nos frémissements durer longtemps. Quand on laisse la tendresse nous fondre, la beauté nous traverser dans cette unique transe immobile qui suit la montée, plus la descente des spasmes. Je t'aime sans compter tout ce que je ne connais pas encore de ma métamorphose soyeuse.

— Tu vois bien que ce n'est pas le moment de réfléchir. C'est le moment d'y adhérer enfin, de se précipiter, de rire et qu'on voie nos dents jusqu'au fond de la bouche, comme disent les Indiens !

* * *

La fameuse conscience ! Avec ses imprécations lunaires de redoubleuses d'années, elle est souvent dans le chemin. Elle dérange, quoi. On se dit : l'amour fou, c'est complètement fou. Et la tension qu'on pourrait faire baisser, on l'endure. Vous savez, la corde raide, est-ce que j'y vais ? est-ce que je reste ici ? Qu'est-ce que je fais ? On tombe amoureux et ça risque de mal tourner. On ne tombe pas amoureux et ça va mal tout le temps. Alors ?

Est-ce ma faute à moi si mon corps est généreux jusqu'à l'épanchement, jusqu'à l'horizontalité odorante à deux, et jusqu'à la répétition tout aussi savoureuse de cette horizontalité-là ? L'amour fou chronique et sans baisse de braise ni gel de goût, ça me connaît. Ça rend le tumulte plus velouté et l'inquiétude plus provisoire.

Je vous le dis : méfiez-vous de ceux et de celles qui prétendent, jusqu'à s'en exprimer bruyamment, se trouver dans leur élément naturel parmi l'incohérence et le manque du principal qui constituent le secteur le plus important de la vie moderne. C'est idiot ce que je dis mais je suis sûr que vous saisissez mon manque de nuances.

S'embrasser, se serrer, se fuir et s'étreindre de nouveau avec névralgie, c'est pas si bête que ça.

L'absurde fatigue alors se dégonfle. L'animalité ressurgit, on touche alors le cœur, l'aubier, l'amande, le noyau. Cette irradiation naturelle en nous, vous savez qu'on peut la perdre, si on ne laisse pas quelqu'un qu'on aime s'en approcher, y toucher, se mêler à elle, la prolonger, quoi ! Car l'amour, ça se goûte aussi. Ça ne fait pas que se demander, se réclamer, se forcer.

* * *

Nos vertiges jouent les inguérissables. Une sédimentation est une sédimentation. On a tous un amoncellement de questions et de réponses qui se cachent, qui se blottissent au plus profond de nous-mêmes et qui ne nous laissent qu'une liberté embrouillée et conciliante par moments. Une fraîcheur et un aigu exaspérants. Parce qu'on ne craque jamais tout à fait. On a la bougeotte et notre coeur est toujours prêt à détaler, s'emporter, à courir ses chances envers et contre tout. Vous connaissez ce fameux et ridicule proverbe zen ? Un jeune homme s'en va trouver le maître. Il lui déclare, comme ça, qu'il désire changer. Le crétin de maître amène le jeune homme en question auprès d'un bassin d'eau. Il plonge la tête du jeune garçon dans l'eau et l'y laisse un bon bout de temps. Bien sûr, quand le jeune homme rejaillit, il suffoque, étouffe. « Lorsque tu voudras changer autant que tu désirais respirer sous l'eau, tu reviendras me voir. »

Au cas où vous n'auriez pas compris, je vous le dis, je ne m'habituerai jamais à l'absence de secours et de considération qui fait loi un peu partout. Sans salamalecs, sans trompettes ni tambours, j'insiste : je suis pour les uns contre les autres. Qui sont les uns ? Tous ceux qui désirent aller au bout d'eux-mêmes, quelle que soit leur impatience et quelle que soit leur terreur. Qui sont les autres ? Tous ceux qui sont formels et tranchants. Ceux qui parlent au nom de et de. Ceux qui ont raison pour les autres et, ce qui est encore pire, pour eux-mêmes. Vous savez ce que j'aurais répondu à ce charlatan, moi, après le petit test en question ? Ceci : je ne crois fondamentalement pas que le désir de changer exige un marathon essoufflant du genre de celui que vous me proposez. La preuve : je viens de changer d'opinion sur vous. Vous êtes un hypocrite et un déformé sans âme ni aveuglement. Sans le principal, quoi. Et je ne m'intéresse, en ce qui a trait à mon propre changement, qu'à des êtres humains sensibles et frissonnants. Bien sûr, le maître en question m'eût certainement répondu brillamment que j'avais raison et qu'il regrettait de ne pouvoir m'être d'aucun secours. Ainsi, vous le voyez, tout le monde fait des farces. Le manque d'amour fait faire des étourderies à certains. Mais qu'ils n'exagèrent pas. Qu'ils n'abusent pas. Ce n'est pas notre faute si quelques-uns sont définitivement incurables : les psy-psy, les gourous et les maharashis.

J'en frémis, j'en tremble, j'en suis tout retourné. C'est que je suis en friche, donc je suis sauvage, inapte. Eux sont civilisés, donc ils sont sereins, populaires, compatissants. Merde ! Hostie ! Faut faire attention. Mais faut pas fonder des sectes. Faut tout simplement tenir mordicus à ce qu'on est. Coûte que coûte. Parce que vous savez, l'idéal, le sublime, le parfait, le normal, ça n'existe pas. Ce qui existe, c'est la vie avec son impétuosité et sa mansuétude.

Mais n'est-ce pas le pire piège
de vivre en paix pour des amants...

* * *

Elle broute une réponse qu'Elle va me donner à la question que je lui ai posée. Je lui ai demandé si Elle me croyait naïf, Elle aussi. Je dis, Elle aussi, parce que beaucoup de mes amis me croient innocent, puéril ou, tout au moins, allégorique. Je vois bien qu'Elle cherche ses mots. Ou plutôt qu'Elle cherche à étouffer un fou rire. C'est qu'Elle ne veut pas mortifier ma tendreté.

— Franchement, ça revient souvent ça ! Ton cynisme qui cacherait une fragilité, une blessure grave et gênante. Et tout ce que je trouve à dire, à chaque fois que tu reprends peur, c'est que je t'aime, précisément et principalement, parce que tu es comme ça.

— Comme quoi ?

— Doux et exigeant. T'as pas renoncé, ni oublié. Tu tiens ton bout mais tu sais quand même t'étirer, t'allonger, être dans ta peau. C'est terrible comme ton corps te ressemble ! Et c'est rare. Et c'est un indice énorme ! Tu te distingues de beaucoup de gars. T'es en vie. Tu...

— Je suis fondant, ruisselant, juteux ?

— Tu vois, tu résistes ! Tu luttes avec ta propre limpidité. Y faut bien être fondamentalement équilibré comme toi pour en douter. Pour en avoir la frousse. Pour questionner, t'en rendre malade. Ah !...

— Je suis borné, faut croire.

— Borné ?

— Oui, borné. Y a une limite, une frontière que je n'arrive pas à franchir.

— De quoi tu parles ?

— Un de mes amis indiens, Indien d'ici, pas Hindou, disait souvent : « Quand t'es pressé, prends toujours un détour. Parce que si t'as trop hâte d'arriver, c'est qu'y a une catastrophe qui t'attend. On est toujours pressés de courir vers le danger. » Et il avait raison. Et j'en ai pris des détours. J'en ai fait des digressions, une, puis une autre. Parce que je savais que si j'allais droit au but, c'était l'emprisonnement, la fixité, la solitude. Mais là, aujourd'hui, avec toi...

— Quoi, avec moi ?

— Me semble que je gagnerais à être plus résolu, plus direct, plus...

— Plus déterminé ? J'en ai pas assez connu, tu penses, des gars déterminés, entêtés, solides et ennuyants ? T'es drôle, toi !

— Peut-être.

— Peut-être quoi ?

— Sans doute que t'as raison. C'est juste qu'y a un flou. Une équivoque là-dedans qui me fatigue.

— Je le sais finalement ce qui te tracasse. C'est que tu m'aimes et que tu veux continuer d'être libre. Tu t'imagines qu'y faudrait tout consacrer à nous deux. Et comme tu peux pas me raconter d'histoires, ni t'en raconter à toi d'ailleurs, parce que t'as trente ans et moi aussi, parce qu'on en a assez raconté, qu'on s'en est laissé raconter assez, etc., tu te sens étriqué d'être à la fois aussi bien avec moi et aussi proche de tes vrais désirs, besoins, de ce que t'as toujours voulu être, voulu faire...

Là, je la regarde attentivement. Elle a mis le doigt sur quelque chose. Elle a mis des mots sur quelque chose. S'agit de demander pour savoir, hein ? Ne pas s'expatrier, se bannir, se proscrire. Insister et rester là. Se mettre devant soi en se mettant devant Elle. Se voir et se trouver pas si mal. Et en même temps se trouver simple et désaligné. Et rire de tant d'enlisements successifs et importuns auxquels on a tenu comme au plus précieux. Et qui n'étaient qu'une façon traditionnelle de se garder, de s'empêcher, de se nuire. Mes contradictions vont vous faire tourner la tête, j'en conviens, mais pour moi tout est toujours inusité, neuf, inspirant. À vivre sans ciel, on a souvent la sensation que c'est gris au-dessus de soi. Alors que ce sont nos fenêtres qui sont sales. Vous me suivez ?

Rien n'est introuvable. Tout est tout simplement voilé, dérobé, déguisé. Faut se raccommoder avec le curieux en soi. Sinon, on prend constamment des vessies pour des lanternes. Même si on ne sait pas au juste ce que ça veut dire. Une autre expression consacrée, tiens pendant qu'on y est. On n'en est pas à une mystification près, hein, dans ce monde d'aujourd'hui ?

* * *

Sa peau a des reflets ambre. Ses cheveux luisent. C'est son côté complice, tonique. Deux ou trois chandelles me laissent la deviner, la désirer, l'attendre. Tout est dans l'octave. Y compris Billie Holiday. Oh non ! Billie ne chante pas à la radio. Il s'agit d'un disque, rassurez-vous.

Long as freedom grows
I want to seek it
if it's yes or no
it's me who'll speak it
cause the Lord he knows
that this is heaven to me...

Et Billie s'empresse d'ajouter :

My heart wants more
love lives in a lonely land
where there's no helping hand...

Moi, je n'ai rien à ajouter. Sinon que, même s'il pleut des clous, même s'il vente à empêcher les oiseaux de se montrer, de voler dans ce ciel fou, Elle et moi, on s'adonne bien.

A kiss is still a kiss
as time goes by...

* * *

— Je ne peux pas m'endormir sans ta peau contre la mienne.
— Menteur ! Tu dors quand même. Mais c'est gentil ce que tu me dis quand tu te réveilles de bonne humeur.

Eh oui ! c'est vrai que mes yeux se ferment. Mais ce n'est pas pour quitter Elle et ses fantaisies nuiteuses. C'est pour fuir tout le reste : le ciment des possibilités engluées, l'ardeur exténuée, les efforts au bout du souffle et qui ne se déploient plus.

Ce matin, ce n'est même pas le printemps. C'est l'été tout d'un coup. Je me réveille en juin comme si je m'étais endormi sans avril ni mai. C'est encore l'exaspération qui m'a joué un de ses tours. Avec Elle, je suis enfin sur mon île, dans une symphonie personnelle. Je veux dire, enfin personnalisée. C'est le planétarium dans mes cellules. L'ouverture, vous comprenez ? L'espace trouvé où ça peut éclore de partout et sans prévenir et c'est bienvenu tout le temps. Notre drôle de manque de tout, parmi l'abondance de rien, ne me tyrannise plus. Les questions amères ne se posent et ne s'imposent plus. Les connaisseurs de tempêtes et de grands vents appellent ça l'accalmie.

Bon. D'accord, la tendresse ne pleut pas encore. Elle ne court pas les rues. Elle ne dévale pas les montagnes non plus, c'est vrai. Elle ne se trouve pas sous le pas des chevaux ni dans les rayons des *Miracle Mart*. La peur, la stupeur, la torpeur : toutes veillent encore et sanctionnent de temps en temps. Je t'aime et je t'aimerai parmi le mystère des jovialités et des désillusions, comme il convient. Ta peau me ressuscite et tes élans me rajoutent du combustible. Sur mes rails, parmi mes incandescences, je suis parti.

Nous nous sommes rencontrés. Pas bêtes, nous nous sommes apprivoisés. Pas peureux, nous nous sommes séduits. Pas prétentieux, nous nous sommes déclaré la chose. Pas malins, nous nous sommes fait confiance.

Pour le reste, que la morale cède ! Que l'utopie soit envisageable ! Que les prêtres défroquent ! Que les pucelles jouissent ! Que les coqs tiédissent ! Que les cerfs-volants de nos cervelles piquent, foncent, volent enfin ! Un peu de liberté toujours en chemin, ça ne peut pas faire de tort à personne.

Ça ne fait que nous traverser, n'ayez pas peur, ça ne nous foudroie pas.

* * *

Si je suis sans âge comme un oriental, sans définition comme un mutant, sans religion comme un exaspéré, que suis-je ? J'ai une peau qui respire, sue et frissonne. Une matière grise qui s'éclaire de temps en temps. Un coeur qui saigne plus souvent qu'autrement et généralement, pour le meilleur comme pour le pire. Et les aspirations respectives de ces différents centres vitaux me tiennent en vie, me provoquent, me maintiennent à la surface houleuse et pleine d'oiseaux de l'amer océan. Et c'est tout.

Oh non ! ce n'est pas tout. Il y a Elle qui surnage avec moi. Là, c'est vraiment tout.

Dans la collection Prose entière

dirigée par François Hébert

1. Hubert Aquin, BLOCS ERRATIQUES, textes (1948-1977) rassemblés et présentés par René Lapierre, 1977.

2. Thomas Pavel, LE MIROIR PERSAN, nouvelles, 1977.

3. Gabrielle Roy, FRAGILES LUMIÈRES DE LA TERRE, écrits divers (1942-1970), 1978.

4. Robert Marteau, L'OEIL OUVERT, chroniques d'art, 1978.

5. Fernand Ouellette, TU REGARDAIS INTENSÉMENT GENEVIÈVE, roman, 1978.

6. François Hébert, HOLYOKE, roman, 1979.

7. Louis-Philippe Hébert, MANUSCRIT TROUVÉ DANS UNE VALISE, nouvelles, 1979.

8. Gilles Archambault, LES PLAISIRS DE LA MÉLANCOLIE, textes, 1980.

9. Suzanne Robert, LES TROIS SOEURS DE PERSONNE, roman, 1980.

10. Fernand Ouellette, LA MORT VIVE, roman, 1980.

11. Madeleine Monette, LE DOUBLE SUSPECT, roman, 1980.

12. Claude Bouchard, LA MORT APRÈS LA MORT, roman, 1980.

13. Christine Latour, LE MAUVAIS FRÈRE, roman, 1980.

14. Robert Baillie, LA COUVADE, roman, 1980.

15. François Hébert, LE RENDEZ-VOUS, roman, 1980.

16. Pierre Turgeon, LA PREMIÈRE PERSONNE, roman, 1980.

17. François Barcelo, AGÉNOR, AGÉNOR, AGÉNOR ET AGÉNOR, roman, 1981.

18. Hélène Brodeur, CHRONIQUES DU NOUVEL-ONTARIO, La quête d'Alexandre, roman, 1981.